文春文庫

風に訊け

空也十番勝負（七）

佐伯泰英

文藝春秋

目次

「空也十番勝負」

主な登場人物

坂崎空也（さかざき くうや）
江戸神保小路にある直心影流尚武館道場の主、坂崎磐音の嫡子。父の故郷・豊後関前藩から、十六歳の夏に武者修行の旅に出る。

渋谷眉月（しぶや まゆつき）
薩摩藩八代目藩主島津重豪（しまづ しげひで）の元御側御用、渋谷重兼の孫娘。江戸の薩摩藩邸で育つ。

薬丸新蔵（やくまる しんぞう）
薩摩藩領内加治木の薬丸道場から、武名を挙げようと江戸へ向かった野太刀流の若き剣術家。長左衛門兼武と改名。

高木麻衣（たかぎ まい）
長崎会所の密偵。

坂崎磐音（さかざき いわね）
空也の父。故郷を捨てざるを得ない運命に翻弄され、江戸で浪人となるが、剣術の師で尚武館道場の主だった佐々木玲圓（れいえん）の養子となる。

おこん
空也の母。下町育ちだが、両替商・今津屋での奉公を経て磐音の妻となる。

睦月《むつき》　空也の妹。

速水《はやみ》左近《さこん》　将軍の御側御用取次。佐々木玲圓の剣友。おこんの養父。

中川《なかがわ》英次郎《えいじろう》　勘定奉行中川飛騨守忠英《ただてる》の次男。睦月の夫。

霧子《きりこ》　姥捨の郷で育った元雑賀衆の女忍。

重富《しげとみ》利次郎《としじろう》　尚武館道場の師範代格。豊後関前藩の剣術指南役も務める。霧子の夫。

神原《かんばら》辰之助《たつのすけ》　尚武館道場の師範。川原田家に婿入り。

小田《おだ》平助《へいすけ》　尚武館道場の客分。槍折れの達人。

松浦《まつうら》弥助《やすけ》　元公儀御庭番衆吹上組の忍。霧子の師匠。

品川《しながわ》柳次郎《りゅうじろう》　尚武館道場に出入りする磐音の友人。母は幾代。

竹村《たけむら》武左衛門《ぶざえもん》　尚武館道場に出入りする磐音の友人。陸奥《むつ》磐城平《いわきたいら》藩下屋敷の門番。

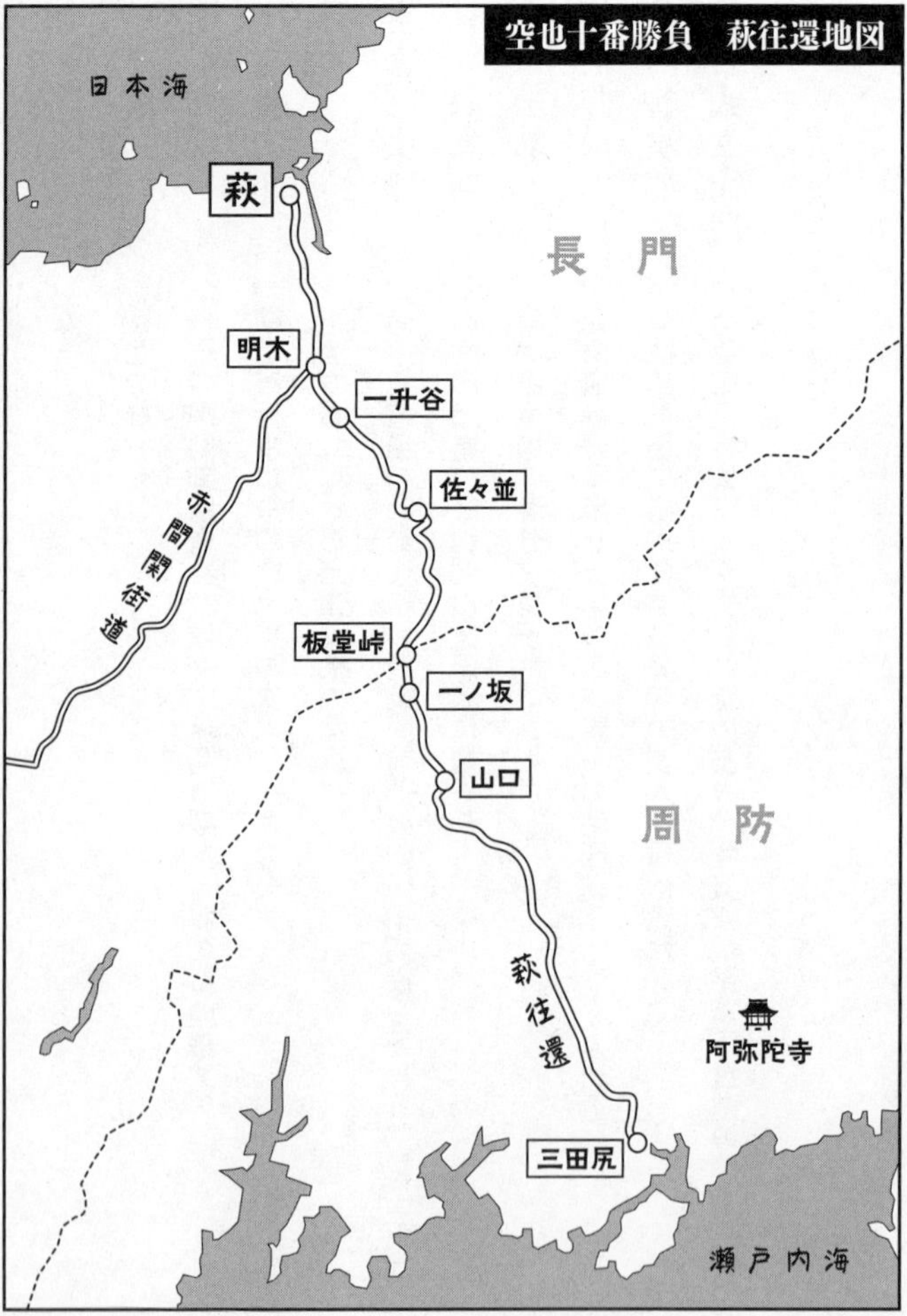
空也十番勝負　萩往還地図
日本海
萩
長門
明木
一升谷
佐々並
赤間関街道
板堂峠
一ノ坂
山口
周防
萩往還
阿弥陀寺
三田尻
瀬戸内海

〈萩 詳細図〉

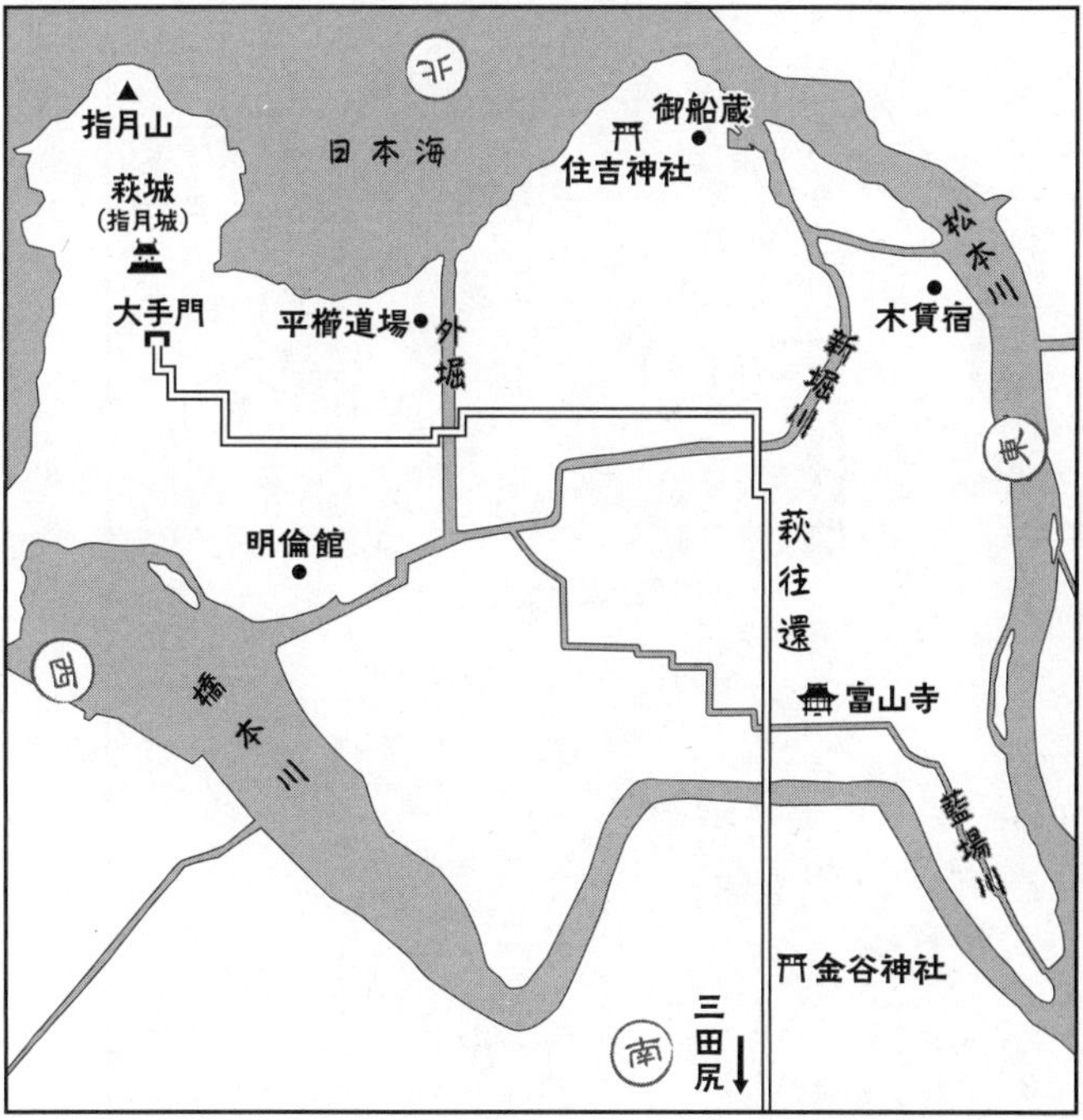

北
指月山
日本海
萩城
(指月城)
大手門
御船蔵
住吉神社
松本川
木賃宿
平櫛道場
外堀
新堀川
東
明倫館
萩往還
西
橋本川
富山寺
藍場川
金谷神社
南
三田尻

東叡山
寛永寺
新吉原
山谷堀
尚武館小梅村道場
竹屋ノ渡し
向島
忍ケ岡
上野
浅草
待乳山
聖天社
三囲稲荷
今戸橋
不忍池
下谷車坂町
浅草寺
花川戸町
田原町
小梅村
常泉寺
下谷広小路
新寺町通り
新堀川
浅草広小路
源森川
安藤家
下屋敷
吾妻橋
業平橋
御厩河岸ノ渡し
品川家
十間川
首尾の松
北割下水
吉岡町
今津屋
本所
法恩寺橋
和泉橋
新シ橋
天神橋
柳原土手
石原橋
浅草御門
南割下水
両国橋
入江町
横川
小伝馬町
回向院
竪川
松井橋
薬研堀
浮世小路
鰻処宮戸川
大川
六間堀
魚河岸
新高橋
猿子橋
日本橋川
小名木川
日本橋
新大橋
万年橋
霊巌寺
鎧ノ渡し
深川
砂村新田
永久橋
亀島橋
金兵衛長屋
佐賀町
霊岸島
八丁堀
永代橋
仙台堀
永代寺
鉄砲洲
富岡八幡宮
越中島
佃島
堺橋

空也十番勝負　江戸地図

護国寺
中山道
日光御成街道
小石川
伝通院
本郷
下谷茅町
石切橋
牛込
豊後関前藩上屋敷
神田明神
水道橋
神田川
牛込御門
稲荷小路
表猿楽町
尚武館道場
駿河台
昌平橋
田安御門
市谷八幡宮
神保小路
九段坂
俎橋
雉子橋
市谷御門
一橋御門
千鳥ヶ淵
鎌倉河岸
善国寺谷通
神田橋
四谷
麹町
江戸城
本丸
四谷御門
大手御門
半蔵御門
平川天満宮
道灌堀
西の丸
紀尾井坂
和田倉御門
赤坂御門
馬場先御門
鍛冶橋御門
南町奉行所
京橋
数寄屋橋御門
清水谷
溜池
三原橋
木挽橋
幸橋御門
氷川明神
原宿
薬丸道場
愛宕権現
芝口橋
木挽町

風に訊け

空也十番勝負（七）

第一章　もう一人の武者修行者

一

出雲国《いずものくに》米子宿《よなごしゅく》車尾《くずも》から播磨国《はりまのくに》姫路《ひめじ》下手野《しもての》まで四十五里（百八十キロ）余、途中中国山脈を越える険阻《けんそ》な道中が出雲往来《おうらい》である。また古《いにしえ》より畿内と出雲国を最短で結び、出雲街道、雲州《うんしゅう》街道、上方《かみがた》往来とも呼ばれてきた。

承久《じょうきゅう》の乱（一二二一）で執権北条《ほうじょう》氏に敗《やぶ》れた後鳥羽《ごとば》上皇はこの出雲往来を経て美保関《みほのせき》から日本海に浮かぶ隠岐《おき》に配流《はいる》された。また近世に入ると、参勤交代路として出雲の松江《まつえ》藩や広瀬《ひろせ》藩、美作《みまさか》の勝山《かつやま》藩や津山《つやま》藩が利用した。

そんな出雲往来のほぼ真ん中、坪井《つぼい》と久世《くせ》の間、美作追分《おいわけ》に、

「出雲大社江三十七里」

「伊勢大神宮江八十五里」

との石造の道標《みちしるべ》が立っていた。

道標の前に背丈は六尺前後、がっしりとした体付きの武芸者と思《おぼ》しき若武者と老爺《ろうや》のふたりが足を休めていた。小柄な老爺が負っていた竹籠《たけかご》には静かな眼差《まなざ》しの鷹《たか》が革紐《かわひも》で結ばれて止まっている。

寛政《かんせい》十一年（一七九九）仲秋《ちゆうしゆう》のことだ。

奇妙な主従は姫路から歩いてきた気配で、

「若、どうされますな」

刻限は七つ（午後四時）に近かった。

老爺は今晩次の宿場に泊まるかと尋ねていた。

塗の剝《は》げた一文字笠《いちもんじがさ》を被《かぶ》った若武者は、最前通過してきた坪井宿の方角を見て、

「姫路か津山かのう」

と老爺の問いには答えずそう洩《も》らし、

「さあて、どちらにございますかな」

とこちらも慣れた口調の老爺が淡々と答えた。

若と呼ばれた武芸者は老爺の答えを望んでいたわけではなさそうで、

「両方かもしれんな」

と告げた。

「若、姫路と津山、ともにわれらを追ってきますか」

「とは考えられぬか。いや姫路はだいぶ前であったな」

「厄介《やっかい》ですな」

と応じた老爺の背でなにかを感じたか、鷹がばたばたと騒いだ。だが、この一行に厄介が振りかかっているとは思えない、主従の態度だった。

「若、千代丸《ちよまる》が体を動かしたいというておりますがな」

と老爺が言った。

「ならば、河原を見つけて千代丸を放とうか」

主従は久世宿に向かって歩き出した。

若、と呼ばれた若武者は、安芸広島《あきひろしま》藩四十二万六千五百石浅野《あさの》家重臣佐伯《さえき》家の次男彦次郎《ひこじろう》であった。

彦次郎は、幼少より間宮一刀《まみやいっとう》流を習い、その天分と稽古《けいこ》熱心さに師範の間宮より養子にならぬかとの誘いを受けたのが十九歳であった。藩道場でももはや彦次郎と対等に打ち合える家臣はいなかった。すでに中国筋で、

「広島藩に佐伯彦次郎あり」

と謳《うた》われていた。

間宮師範の養子にならぬかと誘われた翌日、彦次郎の姿は消えていた。佐伯家小者《こもの》の伴作《ばんさく》とふたりの間の共通の愛鷹《あいよう》千代丸をともに彦次郎は、

「武者修行」

に出た。今から五年前のことだ。

山陰道《さんいんどう》を今市《いまいち》に出た彦次郎は、出雲、伯耆《ほうき》、因幡《いなば》、但馬《たじま》、丹後《たんご》、丹波《たんば》、若狭《わかさ》を経て金沢《かなざわ》に向かった。ゆるゆるとした彦次郎の武者修行は、一人《いちにん》の師に師事するのではなく、彦次郎が得心《とくしん》した時点で次なる師を求めてひたすら北へ東へと旅を続けた。

江戸に入った折り、四年が過ぎようとしていた。

彦次郎は、浅野家の江戸藩邸には顔を出すことはなかった。ただ、諸国から武士が集まる江戸の剣道場を覗《のぞ》いてきた。三月《みつき》後、気にかかる道場はただひとつ、神保小路《じんぼうこうじ》の幕府官営道場と称される、

「直心影流尚武館坂崎道場《じきしんかげしょうぶかんさかざき》」

であった。

だが、何百人もの門弟を擁《よう》する道場に死の影ともいえる哀《かな》しみが漂っていた。

彦次郎と伴作は、川向こうに尚武館小梅村《こうめむら》道場があることを知り、密《ひそ》かに窺《うかが》った。すると神保小路の道場主坂崎磐音《いわね》の嫡男《ちゃくなん》がなんと武者修行に出て、生死の境を彷徨《さまよ》う奇禍《きか》に見舞われていることが察せられた。当然死の危機は武者修行の最中に、起こったと思われた。

当代一と謳われる剣術家の坂崎磐音の嫡男が武者修行とは、また死の危機とはどのような曰《いわ》くか。

老爺の伴作が眼をつけたのは小梅村道場に出入りする大男の中間《ちゅうげん》だった。元来浪人者であったが、食うに困って一家もろともさる大名家の下屋敷に中間奉公をしていた。

この者はなぜか神保小路の坂崎磐音と親しく、伴作が振舞酒に酔った中間から聞き出してきたことが事実とするならば、驚きの一語であった。

寛政の御世、命を懸けて武者修行に挑む剣術家が己以外にいたとは。それがなんと江戸の官営道場の跡継ぎと目される嫡男の空也《くうや》なる若者とは。

「若、魂消《たまげ》たな。坂崎空也は十六だか、十七で武者修行に出て薩摩《さつま》入りを果たそうとして、大怪我《けが》を負ったという知らせが江戸に届いたそうな。それがなんとしぶとく生きておったとか。薩摩に入国を果たしたはいいが、東郷示現流《とうごうじげん》の高弟一派酒匂《さこう》一族に追われる旅をしてきたそうな。こたびの瀕死《ひんし》の知らせは二度目とか」

「伴作、それがしの他に死を賭《と》して武者修行に努める者がこの世におるとは」

と彦次郎は信じられぬ想いで驚嘆《きょうたん》した。

「どうするな、若」

「神保小路の坂崎磐音か」

と口にするとしばし沈思《ちんし》した彦次郎が、

「江戸を出る」

と宣告した。

伴作は若が坂崎空也に己の武者修行を重ねたことを知った。

「若、坂崎空也は身罷《みまか》るかもしれん」

「死なぬ。この佐伯彦次郎と出会うまで決して死んではならん」

と彦次郎は生涯の好敵手を探り当てたようで言い切った。江戸を離れた佐伯彦次郎と伴作主従の千代丸を伴った旅が再開された。

西へと進んだ主従と千代丸は久世宿を流れる旭川《あさひがわ》の河原に足を止め、河原で愛鷹千代丸を放った。半刻《はんとき》（一時間）も過ぎたころか、河原に殺気が漲《みなぎ》った。

彦次郎と伴作は言葉を交わすこともなく千代丸を休ませ、餌《えさ》の鶏肉を与えた。

主従ふたりと千代丸の旅にはそれなりの金子《きんす》がかかった。そんな費《つい》えを彦次郎が武者修行を兼ねた道場勝負で得ていた。

数日前、美作の津山藩の城下にて新天《しんてん》流古河《ふるかわ》道場で、道場勝負をしていた。それ以前には姫路にて同じような所業をなしたが、彦次郎は、

「もはや姫路は遠いこと、やはり津山か」

と考え直した。となると津山城下の新天流古河道場の面々が老爺や鷹を連れた彦次郎を追ってきたことが考えられた。

三人の旅仕度の武士が河原に下りてきた。すでに柄袋《つかぶくろ》を剝《は》いで闘いの仕度をなしている者もいた。

「佐伯彦次郎じゃな」

三人のうち年長の者が質《ただ》した。

「いかにも佐伯彦次郎にござる。そなた方は」

「われら、美作津山城下の新天流古河道場の者である。そのほう、道場破りを働

いた覚えがあろう」

「うむ、道場破りのう、覚えがないのう」

「ならば古河道場に立ち入ったこともないか」

「ある」

「ならばそのほうが道場破りをして道場主古河三郎兵衛《さぶろべえ》を打ち殺したであろう」

「またれよ」

と彦次郎が片手を上げて相手の言葉を制した。しばしの間を置いた彦次郎が、

「道場勝負、尋常勝負であった」

と言い放った。

「金子を要求しなんだか」

「それがしが十両、古河三郎兵衛どのも十両を見所《けんぞ》に置いての対等勝負、道場破りとはいささか異なろう。それがし、道場にての尋常勝負と思うておる」

彦次郎が淡々とした口調で告げた。

「それが道場破りというのだ」

「お手前は」

「それがし、津山藩五万石松平越後守《まつだいらえちごのかみ》の大番頭にして新天流古河道場の筆頭師範

鏡小三治《かがみこさんじ》」

　と名乗った。

「なに用かな」

　彦次郎がさらに質した。

「師匠古河三郎兵衛様の仇《かたき》を討つ」

　と言い放った。

「ほう、殊勝な心掛けかな。そなたの技量、古河どのより上かな」

「技量うんぬんは関わりなし、武士が道場破りを見逃しては津山藩士として面目《めんぼく》が立たぬ」

「金子は掛けられる心算《つもり》かな、それがし、勝負の折りはどなたが相手であろうとお互い金子をかけて勝負をなしてきた。なぜか分かるか、鏡小三治」

「道場破りの本性ゆえじゃ」

「違うな、金子をかけるがゆえに勝負に違いが出る、手を抜かぬからよ。これ以上の勝負はなしじゃぞ、鏡氏」

「おのれ、武士道を蔑《さげす》みおるか」

「それそれ、その考えが間違っておる。己一人《おのれいちにん》、武者修行に出てみよ。武士道の理《ことわり》や習わしなどなんの役にも立たぬということが分かるわ。相手の命を絶つか、己が絶たれるか、生と死しか、選択の余地はない。それに金子を掛けたとして、どこがおかしい、鏡小三治」

「問答無用」

鏡小三治が羽織を脱ぎ捨てた。

仲間のふたりも倣《なら》った。

彦次郎の正面に鏡小三治が、少し後ろに下がった左右にふたりの門弟が位置していた。

「重ねて聞く、金子はかけぬのか」

彦次郎の念押しに鏡が無言で刃を抜き放った。

「致し方なし」

彦次郎は革の袖《そで》なし羽織を着たまま、徳川《とくがわ》家に数々の仇《あだ》をなしてきた妖刀村正《むらまさ》を静かに抜くと八双《はっそう》に構えた。尋常勝負の十両の代わりに得たものだ。どこであったか、だれであったか、もはや失念していた。

秋の陽射《ひざ》しが村正の刃にあたり、ぎらりとした光を放った。

冷徹な学問の師範にして、正徳《しょうとく》の治《ち》を主導した新井白石が、

「村正は御当代不吉な例少なからず、御扶持を蒙《こうむ》るもの暫時《ざんじ》も帯ぶる可《べか》らず」

と言い切った刀を八双に構えたまま、彦次郎は微動もせず三人の剣者を待ち受けた。

日没が四人の闘争者の姿を浮かび上がらせた。

老爺の伴作はいつの間にか竹籠を下ろし、千代丸の体に軽く触れていた。

突如、千代丸が甲高い声で鳴いた。

その瞬間、左右の門弟が彦次郎に襲いかかろうとした。

彦次郎は鏡小三治を見たまま、ふたりをひきつけ、村正を左右に振るって首筋を絶ち斬《き》った。

ぎえっ
と断末魔の声に鏡小三治の正眼《せいがん》の剣が踏み込みと同時に突きの構えで彦次郎に迫った。が、彦次郎の村正はすでに右の脇構《わきがま》えに移されており、鏡の左脇腹から胴へと深々と斬り込まれていた。

ひと筆書きのような村正の動きだった。

斃《たお》れゆく三人に冷厳な眼差しを送った彦次郎が、

「物事の道理が解らぬ人士《じんし》は困ったものよ」

と吐き捨てた。

村正に血振りをして懐紙《ふところがみ》で拭《ぬぐ》い、鞘《さや》に納めた若い主《あるじ》に伴作が竹籠を担《かつ》ぎ上げながら、

「夜旅になりましたな」

との老爺の言葉に主が頷《うなず》き、一行は旭川の土手道沿いに久世を通り過ぎ、一里先の勝山を目指した。

ゆったりとした足取りながら旭川左岸に開けた勝山に夜五つ（午後八時）時分に到着していた。

勝山はもともと高田《たかた》と呼ばれた城下町だ。

彦次郎らが訪ねた折りのこの地は、明和《めいわ》元年（一七六四）六月二十一日に、三《み》浦明次《うらあきつぐ》が三河国西尾《みかわのくににしお》より入封《にゆうほう》し譜代《ふだい》大名として勝山藩二万三千石を興《おこ》し、ただ今は三代目の前次《ちかつぐ》の治世下にあった。

勝山城は、藩主の館、諸腰曲輪《こしぐるわ》、土屋敷だけの普請《ふしん》だが、城持大名《しろもちだいみよう》として遇されていた。藩士を省いておよそ二万三千余人の領民がいた。

「若、どうしますな」

とすでに戸締りをした体《てい》の宿場町の様子に伴作が主に質した。

この主従、武者修行と言いながら、野宿をしたり寺などに泊まったりしたことは一夜としてない。常に旅籠《はたご》などの屋根の下で寒さや飢えを知ることなく修行を続けてきた。その費えは主が稼ぎだす道場勝負によって得られていた。

彦次郎は、瓦《かわら》屋根の古い街並みを眺めて、

「爺、この宿場町はなんぞ稼ぎがありそうな。われらが辿《たど》ってきた旭川の船着場までいってみようか」

と武人の勘で老爺に言った。

「へえ」

家並みからふたたび旭川に出てみると、石積の護岸に船着場があり、何艘《そう》もの高瀬舟《たかせぶね》が止まっていた。

「若、舟運の要衝《ようしょう》のようですな。となると、船着場の前に旅籠がありそうな。戸を叩《たた》いて部屋を空《あ》けさせましょうかな」

と竹籠を揺らしつつ、白壁に格子戸《こうしど》の家並みが連なる通りに主従は立った。

「千代丸、待っておれ。屋根の下で休ませるでな」

と伴作が愛鷹に話しかけたとき、一軒の旅籠の戸が引かれ、酒の入った賑《にぎ》やかな声が響いて、四人の男衆《おとこし》が姿を見せた。

そんな男たちが彦次郎らに目を留めて、身を竦《すく》めた。酔った旦那衆《だんな》にも彦次郎が津山城下の古河道場の門弟三人を旭川の河原で屠《ほふ》った血の臭《にお》いが感じられたか。

「旦那衆よ、怪しい者じゃないよ。わしらは旅の者じゃが、いささか道中で手間取ってただ今の刻限に勝山に着いたところだよ。こちらは旅籠だかね」

と伴作爺が尋ねた。

このような場合、彦次郎は警戒された。その点、老爺ならば相手が不安や恐れを直《す》ぐに消して応対してくれた。

「旅の人だかね、そりゃ、難儀《なんぎ》やな。伊勢に行くだかね、それとも出雲大社かね」

と旦那衆のひとりが伴作爺に尋ねた。

出雲往来の旅人の行き先は、伊勢大神宮か出雲大社と決まっていた。

「わしらかね、出雲さんにお参りや」

「ならば、この旅籠がいいだよ。入りなされ」

と自分たちが出てきた開かれたままの戸口を差した。

「そうしてもらうべ。旦那衆も気をつけて帰りなっせ」

と伴作が竹籠を背から下ろしながら応じると、

「おや、おまえさんは鷹匠《たかじょう》さんかね」

と千代丸に気付いた別の旦那が声をかけてきた。

「鷹匠ではないだが、うちの主は鷹狩りが好きでな」

と伴作が応じるのを横目に、腰を屈《かが》めた彦次郎が旅籠の土間へと踏み込んだ。

板の間に若い女と番頭らしき男衆がいて、彦次郎を見た。

「部屋はあるか」

と彦次郎は尋ねながら塗笠《ぬりがさ》の紐を解いた。

「出雲に参られる旅人さんかね」

表の問答を聞いていたか、男衆が尋ねた。

「まあ、そのようなものだ」

と曖昧《あいまい》に応《こた》える彦次郎のあとから竹籠を抱えた伴作が入ってきた。

「すまねえ、ちと遅かったかね」

応対を伴作が彦次郎から代わった。

「お客人、その鳥もいっしょかね」

男衆が面倒な顔で質した。

「おお、千代丸はなにも悪戯《いたずら》も粗相もしないだよ。それに出雲大社でな、千代丸は技を披露《ひろう》するんだよ」

と伴作が思い付きで応じた。

一瞬、男衆が女衆《おんなし》を見た。

「無理とはいうまい、他を当たる」

と彦次郎がまだ開かれたままの戸に向かった。

「お待ちくだされ」

と初めて女衆が彦次郎に声をかけ、

「番頭さん、お泊まりいただいて」

と命じた。

その声音《こわね》には威厳があり、この旅籠の娘か嫁かと思われた。

「おお、有難や。わしら、助かるがのう。おお、旅籠代は案じなさるな、控えの間があればそこにしよう。銭は前払いでもいいでな」

伴作の言葉で主従と千代丸は船着場の前の旅籠に泊まることになった。

二

格子窓越しに表通りに面する二階の間に入れてもらった彦次郎と伴作の主従に娘が、

「残り湯ですが、汗を流されませんか。その間に残りものですが膳《ぜん》の仕度をします。夕餉《ゆうげ》はまだですよね」

と念押ししながら竹籠の縁に止まった千代丸を見た。

「千代丸は、夕刻に河原で放鷹《ほうよう》をしてな、体を動かし、餌を食しておる。部屋に独り残しても大人しく休んでいよう。粗相など決してせんで案じなさるな、娘さん」

と伴作が言った。

「うちでお鷹さんが泊まるのは初めてです」

と言った娘に案内されて湯殿に通った。

旅籠の客筋がいいのか、立派な湯船だった。

かけ湯をつかったふたりは湯船に浸《つ》かり、伴作は両眼を閉じて疲れを癒《いや》す表情になった。若い主は無言だ。

「若、広島には帰りたくないか。若の武者修行も長くなったがな」

伴作の問いには答えず、両手で湯を掬《すく》い、顔を洗った。

「寛政六年に出て五年、いや、そろそろ六年が巡ってくるな。疲れたか、伴作」

「疲れな」

と思案した老爺が、

「若、戻る頃合いと思いはしないだか」

「かもしれんな」

「ならば出雲大社に詣《もう》でて芸州《げいしゅう》広島に戻らんか」

「六年ぶりか」

と応じた彦次郎が湯から上がった。

未だ湯のなかの伴作が、

「新しい六尺《ろくしゃく》を身につけなされ。脱衣場の籠にいれてある」

六年になる主従の暮らしだ。その間、老爺は旅籠に泊まるたびに同じことを若い主に告げた。肌着も六尺も毎日のように取り替え、肌につけていた下着は捨てていく。

それが武者修行者の心得と彦次郎に教えたのは伴作爺だ。

部屋に戻った彦次郎にふたりの膳が仕度されていた。番頭が宿帳と燗《かん》をした酒を二本ほど持参した。

千代丸は竹籠の縁に止まり、両眼を瞑《つぶ》って静かに寝ていた。

「中間さんが頼まれたでな」

老中間に頼まれた酒だと主の膳の傍《かたわ》らに置いた。

「お侍さん方は出雲詣での旅かね」

「神社仏閣には滅多に詣でぬ」

「うん、旅は長いようだね」

「六年を迎えるかのう」

「長いだね、六年の旅暮らしとはよ。飽きないだか」

「飽きることもある」

「費えもかかろうね」

と番頭が問うたところに伴作が戻ってきて、

「番頭さん、湯殿の汚れものは捨ててくだされ」

と願った。

「なに、洗濯はしないか」

「武者修行の若に古着など身につけさせられようか」

「はあ、このご時世に武者修行と申されたか。六年もの歳月、武者修行と言われるか。お侍の国許《くにもと》はどこだか」

「芸州だよ」

「広島藩浅野様の家臣だか。さすがに四十二万六千石の浅野様、今どき武者修行の侍がいるだね。長いこと番頭をやっているが初めてだ。それも中間さんの供に鷹まで連れてござる」

「武者修行に供がいてはおかしいか」

と主が言い、

「伴作、めしをくれ」

「へえ」

老爺がめしをついで主に渡すと、川魚の焼ものと野菜の煮つけで箸《はし》をとり、食し始めた。それを確かめた伴作と呼ばれた老爺が自分の膳につき、徳利《とっくり》をとると茶碗《ちゃわん》に酒を注いで、ゆっくりと飲み始めた。

老中間が酒を飲み、若い主がめしを食していた。長い習わしのようで主従ともに平然としていた。

呆《あき》れた番頭は口を噤《つぐ》んで、客のふたりを眺めていたが、

「泊まりはひと晩かね」

「明日になってみなければ分からぬ。千代丸の放鷹に、この河原はよいでな、二、三日、厄介になるかもしれん」

と一杯めの茶碗酒を飲みほした老爺が言った。

「宿帳はおいておきなされ。旅籠賃はほれ、一両で前払いしとくだ」

と伴作が湯に入る前から身につけていた一両を番頭の前に置いた。

「この界隈《かいわい》で一両とは珍しいがな」

と言った番頭が一両を手にしてしげしげと鑑定したのは贋金《にせがね》とでも思ったか。

「この勝山は舟運の湊《みなと》かね」

「伴作さん、旭川舟運のいちばん上流の船着場が勝山だよ。この界隈の物はすべてこの勝山の船着場に集まるだよ」

「どうりで高瀬舟が何艘も舫《もや》われているだね、景気がいいわけだ」

と伴作が旅慣れた者らしい感想を述べた。

「舟商いはそこそこだね。美作はもちろん出雲や伯耆の物産もこの勝山で取引き

するだ、出雲木綿《もめん》はこの勝山のいちばんの売れ筋だね」

「うーん、勝山が旭川舟運の拠点というのは真《まこと》のことのようだね」

「中間さん、信じられないか。船の品を取り締まる口留番所《くちどめばんしょ》もこの地にあるぞ」

番頭が自慢げに胸を張った。

「勝山を治める藩主はどなたか」

彦次郎が箸の手を休めて聞いた。

「おお、二代将軍秀忠《ひでただ》様の子息とも言われる土井甚太郎《どいじんたろう》様が相模国《さがみのくに》の三浦氏の名跡《みようせき》を継いだことに始まってな、三河国西尾から三浦明次様が入封したのが、この勝山藩の初代だ。ただ今は三代目の前次様だ」

「石高《こくだか》はいくらか」

「二万三千石だ」

ふーん、と鼻で聞いた彦次郎が、

「城下に町道場はあるか」

と質した。

「あるぞ。勝山の剣術はそこそこ強いそうだ。定善《じようぜん》流が藩のご流儀でな、その流れで十助仁左衛門《とすけにざえもん》様が大手門《おおてもん》前に道場を開いてござる」

「定善流か」

彦次郎が聞いたこともない流儀だ。

しばし箸を休めていた彦次郎が、

「定善流十助道場な、訪ねてみようか」

と呟《つぶや》いた。

「えっ、お客人、まさか道場破りを考えてなさるか」

うむ、と箸を動かそうとした彦次郎が、

「道場破りな、考えもしなかったわ。十助仁左衛門どのはおいくつかな」

「うちにも時に参られますよ。去年五十路《いそじ》を迎えられましたな。穏やかな御仁《ごじん》ですがな」

番頭の言葉に不安が籠められていた。

「案ずるな。道場破りなど考えておらぬ。定善流なる流儀聞いたこともないゆえ、見てみようと思うただけだ」

「ならばこの富蔵《とみぞう》が案内仕《あないつかまつ》りますぞ」

「願おう」

と主が受けたのを見た老中間が、

「若、千代丸を飛ばしたあとゆえ、五つ半（午前九時）時分かのう」

と聞き、頷く主に、それでよいかという風に番頭の富蔵を見た。

「五つ半のう、ようございましょう」


翌朝、旅籠の富蔵の案内で大手門前の定善流十助道場を訪ねた。老爺の伴作は千代丸の放鷹の訓練を主とともになしたあと、宿に戻り、千代丸と旅籠で留守番をするという。

朝稽古の最中か、道場からは打ち合う音が響いてきた。

富蔵が先に入り、道場主の十助仁左衛門と思える男に、泊まり客が見学したいというので案内したと告げるのを彦次郎は聞きながら、竹刀《しない》で打ち合い稽古をなす四十人ほどの門弟らを見た。

定善流十助道場の力量が直ぐに分かった。

「佐伯彦次郎様、こちらに」

富蔵が呼ぶのに刀を抜いて手に提《さ》げ、見所で話す富蔵のところへ歩み寄った。

「道場主の十助仁左衛門様ですぞ」

と彦次郎に紹介した。

「武者修行の最中と聞き申した。そなたの物腰を見て富蔵の言葉を信じました。うちの道場ではそなたの相手はおりませんでな」

十助仁左衛門が正直な気持ちを告げた。

「十助どの、定善流とは美作の剣術にござるかな」

「いえ、祖は大岩残心《おおいわざんしん》としか分かっておりませぬが、日向飫肥《ひゅうがおび》藩とこの美作の勝山に伝わる田舎《いなか》剣術にござる」

と応じた十助が、

「おお、珍しきことに一月《ひとつき》も前、日向飫肥藩にて定善流を修行したという旅のお方がうちの門を叩かれてな、門弟衆に稽古をつけてござる」

と言い添え、四十余人の門弟のなかでも動きがきびきびしたひとりを差して、

「客分、ちと手を休められますかな」

と呼びかけた。

するとそれなりに修行を積んだと思える小太りの武芸者が稽古の相手の門弟に断わり、ふたりのもとへやってきた。

富蔵は見所の端にちょこんと座り、稽古を見物している。

「笹沼《ささぬま》さん、こちらのお方は長年武者修行を続けておられるそうな。名はなんと

申されたかな」

と彦次郎に問うた。

「佐伯彦次郎にござる」

と応じる彦次郎の名乗りに、

（なんということか）

という表情を笹沼が見せた。その表情を見た十助が、

「うむ、笹沼さん、この若武者を承知かな」

「いいえ、十助先生、面識はござらぬ。されど、それがし、本年の夏、一月あまり芸州広島に逗留《とうりゅう》してとある道場で稽古を許してもらいました。その折り、広島藩に佐伯彦次郎という天才あり、数年前より武者修行に出ておると数多《あまた》の浅野家の家臣方から聞かされました。もしや、その佐伯彦次郎どのではございませぬか」

と最後は彦次郎に向かって念押しした。

十助仁左衛門が、そうか、という顔で彦次郎を見た。

「家臣の噂《うわさ》ほど当てにならぬものはありますまい。されど、それがしが芸州広島藩とつながりがある佐伯彦次郎にござる」

「おお、富蔵に連れてこられた貴殿の挙動で、分かるべきでした。浅野様の重臣

の家系に、天才児あり、と中国筋で評判になったことをのう。修行に出られて何年が経《た》ちましたな、佐伯どの」

「広島を出たのが寛政六年の春ゆえ、およそ六年を迎えようとしております。広島を出た折り、それがし、十九歳にございました」

「天才児が六年の厳しい修行の歳月にどのように変わったか、知りとうござる。じゃが、凡々たる剣術家の十助仁左衛門ではいかんともし難い。どうですな、笹沼梧村《ごそん》どの」

「十助先生、意地が悪うございますぞ。それがしと佐伯彦次郎どのの間には天と地以上の力の差がございますでな、話にもなにもなりませぬ」

と苦笑いした。そして、

「佐伯どのは間宮一刀流を学ばれたのでござったな。われらにその片鱗《へんりん》なりとも見せていただくわけには参りませぬか」

笹沼梧村が言い出した。

「たしかに広島におるときは間宮一刀流を修行しました。その後、旅に出て、主に中国筋より東の諸国を巡りまして、諸々の流儀を知りましたゆえ、いまや間宮一刀流とは呼べますまい」

彦次郎は十助仁左衛門と笹沼梧村に正直な今の気持ちを述べた。

「ならば東国遍歴の武術を拝見できませぬか」

と笹沼が執拗《しつよう》に願った。

なんとなく魂胆《こんたん》というか曰くがありそうで、彦次郎は頷いていた。

間宮一刀流の祖は、間宮五郎兵衛久也《ごろべえひさなり》である。広島藩主浅野光晟《みつあきら》に仕えて師範になった。

彦次郎は、何代かの間宮一族に流儀を習ったのち、武者修行に出ていた。

「十助先生、それがしに木刀をお貸しくだされ」

と願った彦次郎は手にしていた大刀の村正と脇差《わきざし》を富蔵に預けた。

「立ち合うとですか」

「いや、ただ棒振りの真似《まね》をするだけでな」

と言った彦次郎は、木刀を手に道場の中央に立った。すると稽古をしていた門弟たちがさっ、と道場の端へと退《さが》った。

「剣術の基《もとい》は中段にあり、と剣聖宮本武蔵《みやもとむさし》も申されたそうな、それがしもまた中段にその基を見る。されど、百人の剣客あれば百通りの中段の構えあり。それがしの構えもまたひとつに過ぎぬ」

と言い放った彦次郎が見所に向かい、木刀を構えた。

その瞬間、十助仁左衛門も笹沼梧村も体じゅうにぴりぴりとした雷電が奔《はし》るのを感じた。

彦次郎が一挙手一投足に集中しながら木刀を振るうと道場の気が震えた。

だが、大半の門弟衆は、静かなる業前《わざまえ》を感じることができなかった。

才人の技を知るには、それなりの技量に達していなければならなかった。

久世の旭川河原で津山藩の鏡小三治らを屠った凄みとはまた違った技だった。

十助仁左衛門と笹沼梧村に中段の構えからの変化が永久の刻《とき》を想起させて彦次郎の道場見学は終わった。


富蔵と彦次郎が定善流の十助道場を出て旅籠に向かいかけたとき、後ろから小走りに駆け寄る足音がして、

「佐伯彦次郎どの、そなたに話しておきたきことがござる。どこぞで一刻（二時間）か半刻、暇《いとま》を貰《もら》えぬか」

と稽古着姿の笹沼梧村が願った。

しばし間を置いた彦次郎は頷くと、富蔵を先に旅籠に帰らせた。

旭川の船着場近くの茶屋に入った彦次郎と笹沼は、茶を頼むと向き合った。

「それがし、日向の飫肥におったことはすでに承知ですな」

と前置きした笹沼梧村の、

「かの地にかような話が伝わっており申す。ひとりの若武者が薩摩の国境を越えようとして死の淵に立ったそうな。運よきことに薩州菱刈郡《さっしゅうひしかりごおり》の城館の主に救われて薩摩剣法を学んだ。その若者といまひとり薩摩者で東郷示現流と同根の薬丸新蔵《やくまるしんぞう》なる者が薩摩藩主らの前で立ち合い、東郷示現流の、それも高弟の酒匂兵衛入道《さこうひょうえにゅうどう》一派の恨みを買い、肥後《ひご》との国境で若武者と酒匂兵衛入道が立ち合い、勝負に及んだそうな。このこと、そなた承知か」

という問いに彦次郎は首を横に振った。

茶が運ばれてきたが両者は見向きもしない。

「なんと若武者が酒匂兵衛入道に勝ちを得た。この尋常勝負の結果、若武者は兵衛入道の三人の倅《せがれ》や門弟衆の追撃を受けることになった。西国《さいごく》で噂されるかぎりにおいて、この若武者、幾たびも死の淵に立たされながら、強《したた》かに生き伸びておる。肥後から五島《ごとう》列島へと酒匂一派の追撃を避けて、逃げたが、薩摩東郷示現流の恨みは消えることはなかった。最後には、異国交易の拠点長崎《ながさき》に赴《おもむ》いた若武者は、兵衛入道の嫡男太郎兵衛《たろうひょうえ》と唐人寺《とうじんでら》にて立ち合いに及び、ほぼ互角の立ち合いにて、ふたりして瀕死の傷を負った」

「なんと」

と呟く彦次郎に笹沼がさらに言葉を続けた。

「酒匂太郎兵衛は死して、若武者は瀕死の身を出島《でじま》に担ぎこまれ、異人の医師の治療を受けた。だが、意識が途絶えたまま、生死の境をさ迷うておるそうな。それが一年も前のことか。すでに身罷ったとて不思議はない」

「いや、死にはすまい」

と彦次郎が即答した。

武者修行を経験した者でないと言い切れぬ言葉だった。

「なぜそう申されるな、佐伯彦次郎どの」

「その若武者、いくつか、承知か」

笹沼の問いには答えず反問した。

「ただ今存命ならば二十歳前後と風の噂に訊《き》く」

「若いのう」

と感嘆する彦次郎に、

「そなたが武者修行に出たのは何歳であったな」

「十九になったばかりであった」

「ただ今は二十四歳かな」

「およそ」

と曖昧に答えた彦次郎に、

「それがしは西国に流れる噂話を告げたが、そなた、信じるや否《いな》や」

と質した。

彦次郎は長い間をとったのち、

「信じる」

と言い切った。

「そなたと同じ武者修行の険《けわ》しさをこの若武者が承知と言い切れるか」

「おお」

と肯定した彦次郎に、

「その者の名は」

「坂崎空也」

「なに、そなた、すべて承知でそれがしに話をさせたか」

と笹沼の返答には怒りがあった。

「いや、違うな。されど、それがしと坂崎空也は、生死をかけて立ち合うのが運命《さだめ》であるのだ。このこと、そなた風情《ふぜい》には分かるまい」

と言い放った彦次郎は茶代を盆の上に投げ置くと立ち上がった。

三

江戸にも秋の気配があった。

神保小路の尚武館坂崎道場の稽古の最中、長崎から分厚い書状が一通届けられた。受け取ったのは中川英次郎《なかがわえいじろう》で、それは飛脚便ではなかった。長崎会所《かいしょ》の御用船で江戸に運ばれた書状を乗組みの会所雇員《こいん》が直《じか》に尚武館に届けたのだ。

差出人は、高木麻衣《たかぎまい》代とあった。むろん英次郎は承知の名だった。

磬音がそろそろ稽古を切り上げる刻限であった。

「そなたは長崎会所のお方と申されましたね」

「はい。この書状の差出人の高木麻衣の下で働いている壱場安太郎《いちばやすたろう》です」

と長崎訛《なま》りで返事をした。二十五、六と思しき若者は尚武館道場から響いてくる稽古の気合に圧倒されたように見えた。

「こちらが坂崎空也様の道場ですよね」

「空也どのの父御《ちちご》が道場主ゆえ空也どのの道場ともいえます」

笑みを浮かべた英次郎は答えながら、「道場に上がりませんか」と招じると、稽古の手を止めた磐音の眼差しがふたりを迎えた。

「先生、長崎より文にございます。長崎会所の御用船に託されてきたそうな。こちらの壱場安太郎さんが届けてくれました」

と飛脚便でないことを告げた。

「おお、それはご苦労でしたな」

と磐音がふたりに歩みよった。

壱場安太郎は道場で稽古する三百人余の熱気に口が利《き》けない様子だった。その表情を見た磐音が、

「英次郎どの、壱場さんを母屋《おもや》に案内してくれませぬか、それと眉月《まゆつき》様にも知らせてほしい。それがしも直ぐに参るでな」

と命じた。

英次郎も磐音も壱場がただの遣《つか》いではないと考えたのだ。

「承知しました」

　英次郎が安太郎を母屋へと案内した。

　磐音は高木麻衣から届けられた文をいつものように佐々木《ささき》家、いまは坂崎家の仏壇に捧げて合掌した。

　長い瞑目《めいもく》であった。それは薩摩藩の江戸藩邸の役宅から眉月が神保小路を訪ねる間を考えての行いであった。また差出人の名が「高木麻衣代」とあったことがこれまでの麻衣の文と違うと、磐音はその曰くをあれこれと想像していた。

　半刻後、母屋に坂崎一家の磐音とおこん、睦月《むつき》、道場に居合わせた速水左近《はやみさこん》や尚武館道場の高弟、重富利次郎《しげとみとしじろう》、神原辰之助《かんばらたつのすけ》改め川原田《かわはらだ》辰之助らの姿が、そして最後に、薩摩藩邸渋谷《しぶや》家に使いに立った英次郎と渋谷眉月のふたりが坂崎家に駆け付けてきた。

「父上、皆さんがお揃《そろ》いでございます」

　睦月の声に頷いた磐音が麻衣からの文をとり、隣座敷に入った。すると壱場安太郎が大勢の門弟衆に囲まれて緊張の面持《おもも》ちで座していた。

「壱場さん、ご苦労でしたな」

と磐音は改めて文遣《ふみづか》いを労《ねぎら》った。壱場安太郎の表情に緊張は見られたが、空也に新たな難儀が振りかかっているとは思えなかった。緊張があるとしたら尚武館道場の稽古に接したせいだろう。初めての訪問者は大なり小なり、安太郎と同じ上気した気配を見せた。

「麻衣さんからの文、それがし、未だ開封しておりませぬ。どうかな、空也の近況を安太郎さんは承知でしょうな。文を読む前に安太郎さんから話をお聞きするのは、おこん、どう思うな」

と磐音がいつも空也に関する書状が届くたびに不安を五体から醸《かも》し出すおこんに質した。

「おまえ様、私が承知なのは空也が元気に長崎を、西国を離れたという一事にございます」

おこんが落ち着いた口調で応じた。

「ほう、どうやら安太郎さんから聞き知ったゆえ、ゆったりと構えておるか」

おこんに言った磐音が安太郎に視線を向けた。

「この場におる者はすべて身内にござる」

その言葉を聞いて一座を見廻した安太郎が会釈《えしゃく》で応じて話し出した。

「坂崎空也様はご一統様もすでにご存じのように刀傷は全治し、意識も戻られました」

この先、どう話をつなげようかと迷っている風の安太郎に、

「空也はただ今、どちらにおるのでしょうか」

とおこんが問うた。

「おこん様、私がお話できるのは空也様が長崎を離れる前までの行動にございます。さような話でようございますか」

「もちろんお聞きしとうございます」

おこんが即答し、

「西国を離れられる前、空也様は長崎会所の頼みを受けて清国上海《しんこくシャンハイ》に参られました」

と安太郎の口から一同が予期せぬことが告げられた。

「えっ、異国に向かったとは、怪我が治っていなかったということですか」

おこんが慌《あわ》てた。

「おこん様、怪我は治ったと最前申し上げましたよ。私も空也様と上海行にはいっしょしましたので、清国への旅はおよそ承知です。異国と申しても上海は長崎

から船で三日もあれば到着します。長崎の人間にとって、この江戸のほうがはるかに遠い地にございます」

安太郎は長崎が格別な湊であり、土地であるということを婉曲《えんきょく》に告げた。

「空也はなんぞ長崎会所から依頼を受けての上海行でございましたかな」

「坂崎様、上海行は長崎会所のみが関わる交易ではありませんでした。長崎奉行所の方々も同行する御用でございました。ゆえに御用について、私が口にできることはこれ以上ありません。されど上海に参られた空也様のお働きは私の知るかぎりお話できます」

「なんと上海か」

想像もしない出来事を告げられた利次郎が思わず呟いていた。

「はい、さよう上海です。その上海を支配するイギリス東インド会社のイギリス貴族や紳士方を空也様の剣術が仰天《ぎょうてん》させたことはたしかです。そのなかには空也様の大怪我を治療したカートライト博士もおられました」

安太郎の言葉に、

「兄上は異国にまで武者修行に行ったというの」

と睦月が呆れたという顔で言い放った。

一座の大半の者が想像もしなかったことだった。

「睦月、安太郎さんが申されたであろう。肥前長崎は異国との交流が公儀から許されているゆえ、清国は江戸よりも身近な地なのであろう。武者修行の一環として空也が上海に向かったのは成り行きではないかのう」

と磐音が推量を告げ、

「坂崎先生、長崎会所と長崎奉行所が関わる御用船に空也さんが同乗を求められたのは、なんぞ格別な用があってのことではございませんかな」

と遠慮がちに異を唱《とな》えたのは英次郎だ。

父は前の長崎奉行の中川忠英《ただてる》だ。

うむ、と英次郎の考えに唸《うな》った速水左近が最前から一言も発しないことに磐音は気付いた。幕閣の重臣は、長崎事情をなにか承知なのではあるまいかとちらりと想像した。

「安太郎さん、空也はただの異国見物だけではなかったのかな」

と磐音は手にした高木麻衣の文に眼を落とし、

「はい、空也様には格別な用事が上海で待ち受けておりました」

と壱場安太郎が答えた。

一同の注視が長崎会所の安太郎に集まった。

「これから話すことは私どもも上海に行って知ったことです。清国の上海を支配するイギリス東インド会社の重役のおひとりに武器商人ミスター・スチュワートがおられます」

安太郎が言い、一拍間をおいて続けた。

「スチュワート氏のお嬢様アンナ様が『王黒石《おうこくせき》』なる蕃族《ばんぞく》に誘拐されておったのです。蕃族の要求は、イギリスが清国の上海から出ていくことでした。ですが、イギリス東インド会社は脅《おど》しに屈して容易《たやす》く上海から出ていくわけには参りません。莫大な金子を投資し、さらに投資に輪をかけた利を生む交易が絡《から》んでいるのです。なによりただ今のイギリス国は最強の国家なのです、その誇りと面目がかかった話です。一方、蕃族も必死のようで、すでにふたりのイギリス人の娘御が誘拐されておりました。ひとりのお嬢様は殺されて、もうひとりは父親が大金を支払って娘御は戻されたものの、この一家は上海から密かに出ていかれたそうです。そんなアンナ嬢の救助を長崎会所に願われたのは、空也様の大怪我を治療されたカートライト博士でした」

ふっ、という吐息が一座から洩れた。

「やはりただの武者修行ではなかったか」

と利次郎が呟いた。

「利次郎どの、武者修行に決まり事はあるまい。異国への渡海もアンナ嬢を助け出す用もすべて修行、経験にござろう。で、空也は無事にアンナ嬢を助け出すことができたのであろうか」

磐音の問いに安太郎が大きく頷いた。

「空也様は、アンナ嬢を無事助け出されました。

その際、空也様と薔族一味、薩摩人仮屋《かりや》園豪右衛門《そのごうえもん》と称していた高麗《こうらい》人の剣術家、長南大《ちょうなんだい》との一撃必殺の大勝負を間近で見た私は、あまりの衝撃の戦いにわが身が震えたことをいまも覚えています。その勝負を見た薔族一味の頭領、王黒石ことポルトガル人貴族フェルナン・デ・ソーザ侯爵《こうしゃく》さえも絶望し、短筒《たんづつ》の銃口を口に咥《くわ》えて自害しようとしたくらいでした。だが、こちらも空也様が先手をとって生きて捕らえられました」

一同が沈黙した。

壱場安太郎はしばし間をとった。

「一月後のことです、私ども三隻《せき》の交易船団は、上海を引き上げて五島列島の福《ふく》江島《えじま》に戻って参りました。そこへ偶然にも空也様と昵懇《じっこん》の、人吉《ひとよし》藩と関わりが深い肥後丸《ひごまる》が停泊しているのを見た空也様が、わが上役の高木麻衣にいきなりこう告げられました。

『麻衣さん、寅吉《とらきち》どの、それがしの西国での武者修行は終わりました。それがし、肥後丸に乗せてもらい、次なる修行の地に向かいます』

と申されたのです。寅吉どのとは長崎奉行の密偵のひとりです」

「なんという武者修行なの、兄上ったら手前勝手よ」

と妹の睦月が言い切り、眉月が口を開こうとしたが言葉にはしなかった。

「私は剣術家でも武士でもありませんから剣術家の心魂《こころだま》は察するしかございません。武者修行をこのご時世になすお方は、空也様のように身を捨てておられるから許されるのだと思います。高木麻衣の、『空也さん、運命《さだめ》なのね』という問いに、『はい。坂崎空也、上海に行ったのも運命なら、長崎に戻らず新たな地に修行に出るのも運命です』とはっきりと答えられました」

一座はふたたび沈黙した。

安太郎が沈黙を破った。

「福江島の沖合で三隻の交易船団から肥後丸に空也様を送っていったのは、この私です。空也様は、長崎と別れられるのは辛《つら》そうに窺えました。その顔を見ているうちに私、余計なことを問うておりました」

「空也様、江戸へ戻られるのはいつのことでしょう。剣術修行は生涯かけて為《な》すものと聞いております」

「安太郎さん、いつかは区切りをつけねばと思うております」

「江戸にも多くのお身内衆や門弟衆がお待ちでしょうね」

「はい」

「どちらに参られますか」

「肥後丸の主船頭奈良尾《ならお》の治助《じすけ》どのの考え次第です」

「と、そう答えられました。空也様は運命に従う心算《しんさん》と察しました」

「兄上の武者修行って、いつも他人《ひと》様《さま》任せなの」

と睦月が言い放った。実妹にしか言えない言葉だった。

だれもその問いかけに答えられる者はいなかった。

「肥後丸が十日後に長崎の内海に立ち寄ったのです。それを見た私が肥後丸に小舟を着けると、治助船頭が迎えてくれました。私たちに会うために長崎に立ち寄ってくれたのです」

と安太郎が言った。そこで治助に、

「空也様はどうされました」

と安太郎が尋ねたところ、

「長門国萩藩《ながとのくにはぎ》を遠く海から望んだ空也様は、長州藩指月城《ちょうしゅうしづきじょう》のある指月山《しづきやま》を望遠し、ここがよいと私に申されて下船されました」

と主船頭が答えたという。

「なんと次なる武者修行の地は長州藩でしたか。空也は、格別に萩城下に関心がありますかな、いえ、因縁といってもいい」

と初めて速水左近が口を開き、

「ございます。最前の上海行とは異なる話にございます」

と安太郎が即答した。

「長州藩は、海防策の大筒《おおづつ》などを入手するために長崎にて海賊行為をしたことがございます。去年のことです」

安太郎の言葉はその場の者たちを新たに驚かせた。

「イスパニア人ホルへ・マセード・デ・カルバリョなる剣術家を頭《かしら》に立てた海賊船フロイス号が二度ほど長崎会所の交易船を襲い、物品を強奪しました。一見異国の海賊船を装っておりましたが、背後に長州萩藩が控えておりました、交易品を京《きょう》などで売り捌《さば》くためです。この海賊船が長崎会所の交易船を三度《みたび》襲おうとしました。ですが、それまでの二度とは違い、フロイス号に襲わせるように仕向けた長崎会所が反撃の機会を慎重に狙《ねら》っていたのです。その折り、海賊帆船フロイス号と長崎会所の所有船オランダ号と新長崎丸《しんながさきまる》の二隻が砲撃戦を繰り広げ、最後には、空也様が相手方の剣術家カルバリョと勝負して勝ちを得ました。さらに長州藩から派遣されていた菊地成宗《きくちしげむね》なる者も坂崎様のお手にある文の主、高木麻衣が堺筒《さかいづつ》で仕留めて、長州藩の海賊行為をつぶしました。長崎会所はこれまでの損害の償いを長州藩に請求しております。空也様にはさような因縁がございます」

「なんと空也はさような因縁の長州藩の領地に下船したか」

と磐音が言葉を途絶《とぜつ》させ、

「それにしても坂崎空也の武者修行は、それがしが知る剣術修行の習わしを大きく超えておるな」

と速水が嘆息《たんそく》した。

壱場安太郎から告げられた上海行といい、海賊船フロイス号との砲撃戦といい、一座の者にはいずれも想像を絶するものだった。

「速水様、長州藩の海賊行為、公儀は承知しておられますか」

「いや、それがし、この一件、一切知らぬな」

と速水は敢《あ》えてこの一件と前置きして否定し、

「長崎会所は、空也の手助けで勝負をなして勝ちを得たわけだ。長州萩藩は長崎会所の申し出を飲むしかあるまい。空也の腰の一剣は、上様が下された修理亮盛光《しゅりのすけもりみつ》じゃからのう」

安太郎の話にいささか上気した速水左近が洩らしてしまった。この場の何人かは初めて聞くことだ。

「さようなことは存じませんでした」

壱場安太郎も驚きの言葉を吐き、

「肥後丸の主船頭治助さんとふたりで話し合いましたが、ひとつだけお互いの考えが一致したことがございます」

「どのようなことでござろうな、安太郎さん」

磐音が質した。

「坂崎空也様は、近々武者修行を終えようと考えておられるのではないか、ということです。いえ、なんの確証《あかし》もございません。されど空也様をとくと承知の治助さんも私もなんとなくさように考えました」

その言葉を聞いた眉月が微笑《ほほえ》み、おこんが、

「そのお言葉、こんにとってどれほど嬉《うれ》しきことか、安太郎さん、有難うございます」

と頭を下げた。

「本日は、私ひとり、まずこちら様に文を届けにお邪魔しましたが、明日にも船積みしてきた空也様の荷をお届けに上がります」

と安太郎が付け加えた。

「武者修行の人間がなんぞ品を長崎会所の船に託しましたかな」

と磐音が訝《いぶか》しいという体《てい》で聞いた。

「最前、話しました上海でアンナ嬢を救った空也様のお手柄に、アンナ嬢の父親やイギリス東インド会社から品々が贈られたのです。ご一統様もご覧になれば、きっと仰天されましょう。空也様の命を張った助勢に対する報奨《ほうしょう》ですからね」

と最後に告げた。

安太郎といっしょに門弟たちが坂崎家の母屋を辞したあと、一家と速水左近に眉月のふたりが坂崎家に残った。

「呆れたわ。兄上ったら、真に武者修行を為しているの。あちらこちらに顔を出して大騒ぎしているだけのように私には感じられるわ。それとも安太郎さんが私たちに大仰に話したのかしら」

と例によって実妹の睦月が言った。

一座の者それぞれが睦月の感想を胸中で考えた。

最初に反応したのは眉月だった。言葉にしたのではなく、自分を納得させるように首を静かに横に振ったのだ。

「そう、眉月様はただ今の兄を私たち一家以上に承知だものね。私たち一家が知る兄は十六歳の旅立ちが最後の姿よ。あの時から四年が経ち、安太郎さんが話された兄は私たちの知る兄ではないわね」

と睦月が断言した。

「睦月、空也は自らの命を助けてくれたカートライト博士らの頼みを断り切れずに異郷上海で戦わざるを得なかった。命をかけた戦いということをイギリス人方も察せられたのだろう。異人であれ和人であれ、助け助けられる、これが空也の武者修行ではないか」

と父親の磐音が言い切った。

「坂崎空也の行いやよし、父親の坂崎磐音の言《げん》やよし。それがし、孫が必ずや息災にして江戸へ戻ることを信じておる」

速水左近が笑みの顔で応じた。左近が空也を孫と呼んだのは、おこんが速水家の養女となって坂崎磐音に嫁いだゆえだ。

「われら、近々空也と再会することになりそうじゃ、おこん」

「養父上《ちちうえ》、おまえ様、空也は必ず私どもの前に元気で戻って参ります」

笑みを浮かべたおこんが言い添え、眉月がこくりと頷いた。

「あら、茶も供しませんでした」

おこんが気付き、女たちが坂崎家の台所に慌てて下がった。

四

その場に最後まで残ったのは速水左近と磐音のふたりと分厚い文だった。

「速水様、公儀は長州の海賊行為を承知でございませんでしたか」

と磐音が穏やかな声で改めて質した。

「それがし、話の一部は聞かされておった。されどかような一件にまさか空也が関わっておるとは思わなかったがな」

と一同のいる前で吐いた最前の言葉を速水は改めた。

頷いた磐音が高木麻衣からの書状を披《ひら》いた。

「文のなかに文が入っておるわ。これまでのように眉月様とおこんに宛てた空也の書状じゃぞ」

磐音は、同梱の二通を膝《ひざ》に置き、自分に宛てられた高木麻衣の書状を、お先に失礼しますと速水左近に断って読み始めた。

壱場安太郎とは違った視点で長崎事情が認《したた》めてあり、上海渡航を始め、数々の騒ぎに坂崎空也に助勢してもらった詫《わ》び状であり、礼状であった。経緯《いきさつ》と結果が認められた箇所には安太郎の説明と重なるところもあったが、長崎会所の町年寄《まちどしより》高木籐左衛門《とうざえもん》の代筆を麻衣がなした長崎会所公文書といえた。

「速水様、この書状、お読みくだされ」

町年寄高木籐左衛門の書状を渡した。

「安太郎さんには茶も出さず非礼をなしましたな、明日参られる折りにちゃんと接待をいたします」

茶菓を運んできて言い訳をしたおこんの視線が磐音の膝の二通の文に向けられた。

「おお、麻衣様の書状には空也からのそなたと眉月様宛の文が入っていた」

と磐音に渡されたおこんと眉月の表情が変わった。

「私は、安太郎様の話で十分満足でしたが、なんと空也自身の文も同梱されていましたか」

おこんが満面の笑みで眉月を見て、

「本日は、なんという良き日でございましょうね」

と言った。

おこんの手放しの喜びに比べ、眉月は喜びを抑えた笑みであった。

「母上、たった数行の文が喜ばしゅうございますか」

と例によって睦月が茶々を入れた。

「はい、幾たびも幾たびも読み返します、そのたびに嬉しゅうございますよ。ねえ、眉月様」

と眉月に話しかけるおこんに睦月は、

（私にも子が生まれると母のような考えになるのだろうか）

と思い、もはやなにも言わなかった。

女たち三人が空也の文を持って再び磐音と速水の前から姿を消した。女たちだけで空也の文を読み合うのであろう。

本日、幾たびめだろう。

磐音と速水左近のふたりだけになった。

「速水様、高木麻衣どの代筆の高木籐左衛門どのの書状、どう考えられますか」

「うーむ、長崎会所は、江戸の人脈をきちんと押さえているということではないか。空也の父親は家斉《いえなり》様ともお目見《めみえ》の坂崎磐音、そなたじゃな。また睦月の亭主の父は、先の長崎奉行中川忠英どのである。坂崎家が公儀ばかりでなく長崎にもつながりが深いことを承知での書状じゃな。上海行の一件だが、それがし、最近、知らされた。じゃが、まさか空也が同行していたとは努々《ゆめゆめ》考えもしなかった。これまでの長崎と空也の関わりを考えれば、不思議ではなかろう。ただ今の長崎奉行松平貴強《まつだいらたかます》は、さすがに怪我上がりの空也を長崎奉行が関わる上海行に同道《どうどう》したとは、われらに告げることはできなかったとみえる」

「速水様、長崎会所と長崎奉行所が関わる上海での用件はなんでございますな」

「かつて老中首座《しゅざ》松平定信《さだのぶ》様が異国船来航にそなえて海防策を沿岸諸国に示されたな。このことに絡んで、公儀も大筒や鉄砲や銃弾を密かに保有すべく、長崎会所と話し合い、上海に船を出したのじゃ。それがし、まさか大怪我が癒《い》えたばかりの空也が同行するとは思わなかった。いや、長崎会所にしてみれば、空也こそがこたびの上海行の主任務が成功するか失敗するかの鍵であったのではなかろうか。事実、武器商人スチュワートの愛娘アンナ嬢が拉致《らち》されたことに絡んで空也が手柄を立てた。ゆえに長崎会所と長崎奉行所は、望みどおりの武器・弾薬を入手することができたのだからのう」

　と言い切った。

「空也はその経緯《いきさつ》を知らず上海に向かったのですね」

　と磐音が念押しした。

「磐音どの、最前の壱場安太郎の話のとおり、空也は上海がどこにあるかも知らずに長崎会所の交易船に乗せられたのであろう。ゆえにこの高木麻衣代筆の長崎会所高木籐左衛門の書状がそなたの手もとにあるのではないか」

「いかにもさようでございましたな」

と磐音は得心した。

安太郎の話でもうひとつ、空也は武者修行を近々終えるのではないかという推論を磐音は速水左近に聞いてみた。

しばし沈思していた左近が顔に笑みを浮かべ、

「近い時節、われらが尚武館で再会できることを祈ろう」

と告げると立ち上がり、辞去しようというのを磐音は門前まで見送った。

坂崎家と尚武館道場は、二つの敷地を合わせたゆえそれぞれに門があった。

速水の乗り物は尚武館の入口の前にあった。その傍らに次男の米倉右近《よねくらうこん》がいた。

最前、母屋に集まった門弟衆のなかにはいなかったゆえ、父親の迎えに来たのか。

「先生、空也さんはもはや大怪我する前の体調に戻られたようでございますな」

右近が尋ねた。

「利次郎どのらより聞かれたか」

「はい。清国上海に参り、異人剣士と立ち合いに及んだとか。それがしが考える武者修行の領域を超えておりますぞ。重富師範らの意見も同じとみえて、興奮を鎮《しず》めるためか稽古を始められました」

とこちらも上気した口調で言った。

磐音は空也の修行が門弟たちの落ち着きを失《な》くしていることに複雑な想いを抱いた。父親は武者修行とは、

「淡々とした研鑽《けんさん》の積み重ね」

と思案していた。

長崎を訪れて以来、空也の修行は長崎会所や長崎奉行所の思惑もあって大きく変貌したと磐音には思えた。

（それはそれ、百人の剣術家が武者修行を為すとき、百とおりの修行がある）

と磐音は考えた。

空也の修行は次々に新たな試練に直面していた。これもまた百とおりのひとつかと考えようとしたが、父親の喉《のど》に異物が閊《つか》えたようで飲み込めなかった。

「それがし、父上を迎えに参りましたが道場で汗を掻《か》いていってようございますか」

と右近が断った。

「おお、好きにせよ。ときに磐音先生の胸をかりて稽古をなせ」

と言い残した左近が乗り物に乗り込んだ。

磐音と右近はその場で見送り、道場に戻った。

尚武館の広々とした道場では重富利次郎や川原田辰之助ら十数人が稽古をしていた。尚武館道場のなかでも技量が上の門弟と師範らだった。そんななか、重富霧子《きりこ》の稽古着姿があった。こちらも亭主を迎えにきたのであろうか。

霧子は昨年十一月に一子力之助《りきのすけ》を生んでいた。霧子が尚武館に出仕《しゅっし》する折りは、重富家から遣わされた乳母の末女《すえじょ》が力之助の面倒を見ていた。

「霧子、どうやら体調は元へ復したようだな、じゃが無理をするでないぞ」

と磐音が声をかけた。

その声を待っていたように霧子が磐音のもとへと来た。

「ゆったりと体を動かしておるだけです。亭主どのは子がおるのだ、もはや道場に立つのは止《や》めよ、と申されますが、私は少しでも体を動かしていたほうがよいかと思いまして、利次郎様の言葉は聞いておりません」

と門弟のひとりに稽古をつける利次郎を見た。

そんな問答を聞いた右近が稽古着に替えるため控えの間に姿を消した。

「先生、空也様から文が届いたそうですね」

「うむ、長崎会所の船が江戸に参ってな、その船に長崎会所の高木麻衣どのが叔父でもある町年寄の高木籐左衛門の代筆をした書状が託されておった。さらにおこんと眉月様に宛てた空也の文も同梱されていた。おこんらは母屋でその文を読んだであろう。姉様もあちらで様子を聞いたらどうだな」

と磐音が言った。

磐音が霧子のことを「姉様」と呼んだのは、内八葉外八葉《ないのはちようげのはちよう》の姥捨《うばすて》の郷《さと》に深く関わるふたりゆえだ。

ひとりの幼子が雑賀衆《さいかしゆう》の一派により摂津《せつつ》辺りから拐《かどわ》かされて姥捨の郷で育てられたのだ、それが霧子だった。むろん当人は本名も知らず、霧子という名は姥捨の郷で名付けられたのだ。

後年、田沼父子《たぬまおやこ》の追跡を逃れて他国をさ迷う磐音とおこん夫婦と弥助《やすけ》の三人を姥捨の郷に導いたのが霧子だ。そして、この地で生まれたのが空也だった。

霧子も空也も運命《さだめ》によって姥捨の郷と深い関わりを持っていた。

磐音は、空也の武者修行の最後の地は、姥捨の地と漠然と承知していた。そして、その地に霧子と眉月のふたりが迎えにいくことをおこんら女衆の態度から察していた。

（その折り、力之助はどうするのであろうか）

と磐音はふと思った。

「先生、空也様の旅は、異郷にまで及んだそうですね」

「亭主どのから聞き及んだか」

首肯《しゅこう》した霧子が、

「姥捨の郷、雑賀衆育ちの私には夢にも考えられないことです」

と戸惑いの顔で言った。

「霧子、むべなるかなだ。姉がそうなら、この父親も考えられなかった。だがな、異国の交易帆船やら大筒を積んだ戦艦も和国の周りの海に出没して開国を迫っておるご時世だ。一方、公儀はそんな異国船の受け入れ先が長崎一か所と頑《かたく》なだ。そのせいか江戸におるわれらは、異国のことを何ひとつ知るまい。偶《たま》さか長崎におった空也が異国に向かう機会があったとしても不思議はなかろうと、最前から己に言い聞かせておるところよ」

磐音の正直な気持ちを聞いた霧子が頷き、

「私、長崎すら思い描くことはできません。上海とやらはどのようなところでございましょうか」

「先の長崎奉行、英次郎どのの父御中川忠英様を尚武館にお招きして、長崎から上海まで空也の旅した土地や海についてお聞きする機会をつくろうかのう」

と磐音が思い付きを語り、

「姉のそなたと眉月様が姥捨の郷にて、空也を迎えるのが先であろう」

と言い添えた。

「先生、私がさような真似をしてもようございますか」

「霧子と空也は、姥捨の郷にかかわる格別な縁《えにし》の姉と弟ならば、至極当然のことではないか。また眉月様が渋谷家の許しを得て、姉に同行するのも至極当然かのう。待てよ、おこんも同道すると言い出しかねないな」

と磐音が言った。

「は、はい」

とこのことについて初めて磐音と話した霧子は、

「おこん様は神保小路で空也様のお帰りをお待ちになるそうです」

「そうか、さような話になっておるか」

と苦笑いする磐音に、

「空也様が姥捨の郷に戻られるのはいつのことでしょうか」

「霧子、このこと、長崎で空也のことをよく知るおふたりがそう推量されただけの話でな、当人は未だ迷っておる、とそれがしは察する。ともあれ、空也が武者修行を終えることを決意したならば、必ずや真っ先にそなたに知らせてこよう」

と磐音が言い切った。

「その折りは、眉月様を同道すること、渋谷家に先生からお話を通していただけませんか」

「承知した」

と磐音が答えたとき、珍しいことに睦月が尚武館の玄関に立った。霧子と睦月が会釈を交わし、

「父上、大変にございます」

と睦月が視線を父に向けた。

「最前、お帰りになったばかりの長崎会所の壱場安太郎様が見たこともない馬に引かせた荷車に荷物を積んで参られました」

「なに、最前は明日に参ると申されたのではないか。なんの荷だ」

「最前佃島《つくだじま》沖に停泊している長崎会所の船に戻ったら、すでに兄上の荷が大川を上がることができる川船に積み込まれていたそうで、安太郎様が踵《きびす》を返して神《かん》田川《だがわ》の昌平橋《しょうへいばし》まで運び、そこから馬車で神保小路に戻ってこられたそうな」

「ふーむ、武者修行に参った空也に感謝の品が贈られたというのは真だったか」

「はい、母上が父上に検分をと申されております」

「検分な、大げさではないか」

「大げさかどうか、母屋にお戻りになれば分かります」

　磐音が霧子を伴い、睦月といっしょに母屋に立ち戻ると、江戸では見られない、長崎人か、異人たちが使用すると思しき四輪馬車が止まっていた。馬車には木箱がふたつ積まれていた。ふたつともそれなりに重そうに見えた。

「これはこれは、たしかに大荷物であるな」

　と磐音が感嘆した。

「坂崎先生、この荷、お受け取り頂けますか」

　と安太郎が言った。

「おこんはどういうておるな」

「おこん様は、ただ今空也様の文を読んでおられます」

　と安太郎が言うのを聞いたか、おこんが文を手に、

「おまえ様、同じ日に二度も空也からの文が届きました。この文、上海なる異郷から長崎に戻る船のなかで認めたものにございます。木箱の中身の大半は空也も

全く与《あずか》り知らぬそうです」

というおこんの言葉に安太郎が言い添えた。

「最前お話しいたしました武器商人スチュワート様が令嬢アンナ様を助け出したお礼にと長崎会所の船に持ち込まれた品の数々です。空也様はもちろん、長崎会所の面々だれひとりとしてどのような品が入っているか、承知していません」

「聞きしに勝る分限者《ぶげんしゃ》のようだな」

「はい。イギリス東インド会社の株主にして武器商人となると、長崎会所の何十倍、あるいは何百倍と途方もなき大金持ちにございます」

「空也め、なんたる武者修行をしおるか」

「坂崎磐音様」

と文を手にしたおこんが磐音を呼んだ。

「なんだな、おこん」

「そなた様がお許しになった空也の武者修行にございますよ。すべての厄介はそなた様の罪科《つみとが》です」

「なに、罪科か、うーむ」

と大荷物を前に磐音とおこんの夫婦が見合った。

「父上、母上、この木箱、お受け取りなされますか。長崎会所の方々がお困りですよ」

と睦月が両親に迫った。

「壱場安太郎どの、それがしの半生でかような品を受け取ったことはないわ」

「父上、それも兄上の品です」

「いかにもさよう、ともかく馬車から木箱を下ろし、中の荷を家に上げてもらおうか。のう、おこん」

「八畳間を空けてございます」

おこんの言葉に長崎会所の船の水夫《かこ》たちが安太郎の指図で馬車から下ろし、玄関前の庭で木箱を開いた。

座敷いっぱいに古い段通《だんつう》が敷かれていた。

「座敷に上げるまでわれらが手出しすることはあるまい」

と庭に面した座敷に一家と霧子が避難した。そこにも長崎から届いたと思える品があった。

「おこん、こちらの品はなんだな」

と磐音が質した。

明らかに木箱の荷物とは別の品のようだった。

「この品の数々は空也が上海で私たちのために求めた品にございます。一つひとつに名が認めてございます。そなた、わたくし、英次郎さんと睦月に祝言《しゅうげん》祝いの品、眉月様にもございます。むろん姉の霧子さんにもね」

と紙包みをそれぞれに渡した。ひとつだけ名のなき品、革包みが残った。

「開けてみようか」

と磐音が自分の名が記された紙包みを開くと異国製の天眼鏡《てんがんきょう》が出てきた。

「ほうほう、わしのは古道具屋で見つけたもののようじゃ」

「おまえ様、私には帯留に使えそうな貴石《きせき》です」

と夫婦で見せ合った。

天眼鏡といい、貴石といい、空也がなんとか買えそうな品だった。

「父上、母上、私は英次郎さんといっしょに見ます。霧子さんも利次郎さんとよね」

「はい、そうさせて頂きます、睦月さん」

「眉月様には明日にもお届けしましょうか」

と言ったおこんが隣座敷の八畳間に運び込まれる荷を見て、

「安心しました」

「母上、安心したとはどういうことです」

と睦月が質した。

「空也が私どもに購《あがな》った品は、武者修行の若者が購えるものです。これでよいのです」

磐音もおこんと同じ考えだった。

最後に磐音は名が付されていない品の革包みを開いた。すると美装な革張りの箱が現れた。長さ一尺弱、厚さ一寸五分ほどのもので、重かった。

空也が購った品のなかでその包みだけ別格だった。箱の上に空也のペン字で短い文が付されていた。磐音は、最前自分に贈られた天眼鏡を翳《かざ》して付箋《ふせん》の文字を読んだ。

「ほう、これはよう読めるわ。なになにこれは空也が購った品ではないそうな、長崎の出島の商館長が空也の怪我の快気祝いに贈った品とある」

「おまえ様、なんでございますな」

おこんの言葉に箱の蓋《ふた》を開けた。そこには小さな短筒が一対、向き合って入っていた。握り手は象牙《ぞうげ》に金製の飾り、銃身にも象嵌《ぞうがん》が微細に施された、見事な品だった。

「安太郎どの」

荷を運び込んだばかりの安太郎を磐音が呼んだ。

「この短筒をご存じかな」

安太郎が磐音の傍らにきて箱を見て、さらに短筒をしげしげと見た。

「坂崎様、フランスの貴族たちが決闘に使うフリントロック銃です。おそらく百年以上も前の一対の、ペアー・ピストルは武器というより貴族の矜持《きょうじ》を示す持ち物です。よいものですね」

と褒《ほ》めた。

「先生、空也様は短筒をどうなさるお心算《つもり》でしょうか」

霧子が短筒を見て案じた。

銃器を江戸に持ち込むのは厄介だった。

「空也の付箋にはな、あるお方に差し上げてくれと認めてある。ふーん、空也、考えおったな」

「おまえ様、どなたでしょうか」

「上様にな、拝領した修理亮盛光の代わりにと空也は言うておる」

「おお、空也様は考えられました」

霧子が得心したように言った。

隣座敷の荷運びは未だ続いていた。

磐音は、一挺《ちょう》のフリントロック銃を取り上げ、庭に向かって銃身を構えた。

夕方の空に風がさわさわと吹いていた。

フランスの貴族が決闘するのは己の名誉を守るためと、磐音はだれかに聞いたことがあった。

銃弾の装塡《そうてん》されていない銃の引き金を風に向かって静かに絞る真似をした。

風が揺れたように磐音には見えた。

第二章　宿坊の密議

一

坂崎空也は、寛政十一年八月末、長州藩萩城下を密かに抜けた。この地に滞在したのはわずか半月ほどであった。

主船頭奈良尾の治助の厚意で福江島から肥後丸に乗り込んだ空也は、数年にわたる修行の地、西国を離れることができた。

甲板《かんぱん》での稽古の最中、陸影に気付き、どこかと聞いた空也に治助は、

「山陰路長州萩ですよ」

と答えたものだ。

篠山小太郎《しのやまこたろう》こと菊地成宗が長州藩毛利《もうり》家の家臣であったことを咄嗟《とっさ》に思い出し、考えもなくこの地に下ろしてもらうことにした。

治助は、空也の願いを聞いて萩城下の外れに下ろすと、なんと舳先《へさき》を西国九州に向けて戻って行った。空也が西国を離れる手伝いをするためだけに治助は、肥後丸を動かしたらしいと船影を見送りながら空也は気付いた。

萩藩は、周防《すおう》・長門の両国を領有した外様《とざま》大藩三十六万九千四百十一石の毛利家である。指月城は橋本川《はしもとがわ》が日本海に注ぐ河口の指月山とその麓《ふもと》に位置していた。松本川《まつもとがわ》と橋本川のはざまに三角州が形成され、惣構《そうがまえ》（堀内）のなかに城下町があった。

毛利家は関ヶ原の戦いで西軍の盟主に就《つ》いたため、敗軍の将となり安芸広島藩から防・長二国に減封《げんぽう》されて長門に移らされた。

肥後丸から空也が下船した折りの藩主は、九代目大膳大夫斉房《だいぜんのだいぶなりふさ》であった。だが、空也は一切萩藩についての知識はなかった。

空也は、下船して少し歩いて松本川河口付近の町屋の一角に木賃宿《きちんやど》を見つけ、当面その宿を塒《ねぐら》にすることを決めた。

長崎会所の交易船団を離れるとき、高木麻衣が、

「空也さん、あなたの武者修行も終わりに近づいたのではなかね。長崎の姉様に正直な気持ちを聞かせんとね」

「迷っております」

とこちらも正直に思い迷う気持ちを伝えた。

「九国《くこく》を離れてどこに向かうか知らないけれど、もはや坂崎空也は堂々たる剣術家よ。財布になにがしか入れておいたわ。上海の働き代と思って」

麻衣が空也の手に押し付けてくれた財布には十両余りの大金が入っていた。そんなわけで萩の城下町の木賃宿に三日分の宿代を支払って拠点にすることにしたのだ。

その折り、長崎会所と長州藩の関わりを考慮して薩摩大隅国《おおすみのくに》菱刈郡麓館《ふもとやかた》の渋谷家家臣の宍野六之丞《ししのろくのじょう》の名を借りることにして、宿帳にもそう認《したた》めた。空也はこれまでも時折り、六之丞の名を借り受けていた。

旅籠の男衆に訊いて毛利家の剣術は、主に新陰柳生当流《しんかげやぎゅうとう》と知った。

空也が初めて知る流儀だった。

木賃宿で一泊した空也は、藩の剣術指南を務めていた平櫛兵衛助《ひらくしひょうえのすけ》の経営する新陰柳生当流道場を宿の亭主に教えられて訪れることにした。その前に片山《かたやま》流道場の門前に立ったが、外から見ただけで空也は道場の門を潜《くぐ》ることはなかった。

最後に堀の近くにあった平櫛道場を訪ねた。

新陰柳生当流は長州萩藩に伝承した流儀だ。師家は平岡《ひらおか》、内藤《ないとう》、馬来《まき》の三家で、平櫛家はそれに準ずる家系と評されてきたが、享保《きようほう》（一七一六〜三六）のころより師家三家を平櫛一門が圧倒してきた。

道場の外まで響いてくる木刀が打ち合わされる音にはどこにも緩《ゆる》みが感じられない緊張があった。

空也は、己に宍野六之丞だぞと言い聞かせながら、道場の豪壮な式台《しきだい》の前に立った。

刻限は、四つ半（午前十一時）時分だ。

「ご免くだされ」

幾たびか声を発すると道場から壮年の門弟が姿を見せて質した。

「何用かな」

「それがし、武芸修行の途次《とじ》の者、宍野六之丞と申します。毛利様の城下町を訪れるならば、新陰柳生当流の平櫛道場にて稽古をつけてもらえと教えられました。さようなことが叶《かな》いましょうか」

空也のいささか誇張を交えた言葉を聞いた門弟が、

「本日は月に一度、門弟が打ち合い稽古をなす日でござってな、門弟らもこの日を待ち望んで稽古に励んでおる。さようなわけで、本日は道場主に取り次ぐことが叶わぬ」

空也は相手の言葉と落ち着きから師範のひとりかと察した。

「相分かりました。ならば明日お訪ねすれば道場主平櫛兵衛助様のお返事いただけましょうか」

空也の言葉に頷いた相手がふと気付いたように、

「お手前、道場破りに見えたか」

と質した。

「いえ、道場破りなどではございませぬ」

にこやかな笑みの顔で答える空也に、

「お手前、武芸修行と申されたな」

「はい」

「出はどこかな」

「江戸にございます、住まいは江戸城とは反対の隅田川《すみだがわ》左岸、本所《ほんじょ》にございます。

父は浪々の身でございましたが五年余も前に身罷りました。それがし、剣術で身を立てようと考えましたが、このご時世、三度の食事も困窮する暮らし、妹は若くして奉公に出ております。うちの貧乏を見かねた、知り合いの船問屋の番頭が千石船《せんごくぶね》の水夫《かこ》の仕事をせぬかと誘ってくれまして、幾たびか船に乗って水夫見習をしましたが剣を諦《あきら》めきれず、西国行の船で九国に辿りつきました。以来、武者修行でこの数年を過ごしてきましたが、江戸が恋しくなり戻る道中にございます」

空也は、無用な諍《いさか》いを避けるために虚言を弄《ろう》して、身の上を語った。

「ほう、その若さで苦労をされたな。これまでどちらを回ってこられたな」

「主に佐賀《さが》藩小城《おぎ》城下、福岡《ふくおか》藩福岡城下の町道場などで稽古を積んでまいりました」

両藩の家臣団と長崎にて稽古をしていた。ゆえになんぞ問われても応じられると思ったのだ。

「ほう、西国の強国であるな。明日、参られよ。道場主に前もって伝えておくでな」

「有難きお言葉、明日参ります。卒爾《そつじ》ながらそなた様の姓名をお聞かせ願えますか」

「当道場師範遠山義一郎《とおやまぎいちろう》にござる」

「遠山様、また明日」

と空也は式台前から踵を返した。

翌日、平櫛道場を訪ねて遠山師範に面会したい旨告げると若い門弟が、

「本日、遠山師範は城中に出仕しておられる」

空也はしばし考えて、

「道場主平櫛様にお会いできませぬか」

「生憎《あいにく》道場主も不在でな、何用かな」

「昨日、遠山師範に当道場で稽古ができぬか願ってござる。昨日は格別な稽古日ゆえ本日出直しなされと言われて参った次第です」

しばし考えた若い門弟が、旅塵《りょじん》にまみれて古びた道中着に脇差だけを差し、木刀を携《たずさ》えた空也の形《なり》に、

「入門を願われておるのかな」

と問うた。

「こちらの道場でしばらく稽古をさせてもらいたいのです」

「となると、道場主も遠山師範も不在ゆえ無理じゃな」

と断わった。

遠山師範の返答は実は断りだったのかと空也が迷っておると、羽織袴《はおりはかま》でそれなりの風采の家臣が、

「峰村《みねむら》、どなたかな」

と若い門弟に質した。

「おお、山縣《やまがた》様」

と慌てた様子の峰村が返事をして、空也から聞いた経緯を述べた。

「なに、稽古をしたくて当道場に参られたか。今どき武者修行とは感心であるな」

と空也の体付きを見て言った。

「えっ、御番頭、このお方、武者修行にございますか」

と峰村が驚きの表情で山縣を見た。

「話を聞くだに何年も西国を修行して回られたというではないか。当然武者修行であろうが。お手前、流儀はなにかな」

「亡父は一刀《いっとう》流を学んだそうです。ですが、それがしは江戸でも旅先でもきちん

とした道場に入門して修行を積んでおりませぬ。ゆえに流儀を名乗るほどの者ではございませぬ」

「いや、しっかりと稽古を積んだ五体と見た。峰村、それがしの一存で道場に上がってもらえ。平櫛氏と遠山師範にはあとでそれがしが許しを乞《こ》うでな」

「は、はい」

と峰村が返事をして空也は、いや、宍野六之丞は新陰柳生当流平櫛道場に上がった。

道場では七、八十人の稽古着の門弟が稽古をしていた。ほぼ大半が毛利家家臣と空也には思えた。

道場の広さは二百畳ほどか。立派な見所に神棚を見た空也は、道場の片隅に座して拝礼した。

「宍野どの、稽古着をお持ちではなさそうな。うーん、お手前の体に合う稽古着はないな。背丈《せたけ》はいくらかな」

と五尺五寸余の峰村が拝礼を終えて床から立ち上がった空也に尋ねた。

「六尺はだいぶ前に越えたと思います。ただ今は六尺二寸余でしょうか」

「ふーん、宍野氏はお強いか」

と峰村が素直な問いを発した。

「修行の身です。強いとか弱いとか考えたことはありません」

「そうか、武者修行とはそういうものか」

「それがし、この形で差し支《つか》えなければ、道場の片隅で稽古をさせてもらいます」

「相手は要《い》りませぬか」

「峰村どの、お付き合い願えますか」

「それがし、ですか。やめておきましょう。平櫛道場で下のほうのというより、最下位の腕前ですからな」

峰村は正直に答えていると思えた。

「道場の片隅をお借りして独り稽古をさせてもらいます」

昨日、応対してくれた遠山師範も道場主も不在なのだ、山縣が後日許しを得たとしても、門弟たちを相手にしての稽古は、礼儀を欠くと空也は考えたのだ。

「お尋ねします。御番頭山縣様は当道場の師範のご一人《いちにん》にござるか」

「いえ、山縣欣也《きんや》様は道場主平櫛の剣友にございます」

と峰村が答えた。

剣友となれば師範以上の立場かと空也は思い、許しを得られたことを感謝した。

見所から遠い道場の端に脇差を抜いて置き、木刀を手に拝礼した。

空也は、その朝、松本川と思しき河原で、「朝に三千、夕べに八千」の野太刀《のだち》流、素振《すぶ》り稽古を積んでいた。

しばし床に座して瞑想《めいそう》した空也が立ち上がった。

見所から旅の武芸者の様子を窺っていた山縣が、うむ、と唸り、

「あの者は」

と言葉を洩らした。

「山縣様、どうなされました」

と峰村が質した。

「峰村正巳《まさみ》、そなた、あの背高《せいたか》をどうみるな」

「なかなかの体格ですよね、私よりも、五寸、いや、六、七寸は背丈が高いですね」

「剣術は背丈ではないぞ。あの者、並みの技量ではないわ」

「さようですか」

峰村が素振りを始めた空也を見て、首を傾《かし》げた。

「そなたには分からぬか」

「はあ、鍛えこまれた素振りですかね」

空也は肥後人吉藩のタイ捨《しゃ》流丸目《まるめ》道場で学んだ素振りを緩やかに繰り返していた。

萩藩は石高からいっても城下の佇《たたず》まいからいってもなかなかの大藩だ。物心ついた折りからの直心影流や薩摩藩の御家流儀の東郷示現流や野太刀流の素振りを見せたとき、気付く門弟衆がいるかもしれないと思ったのだ。

（それにしてもなぜ萩藩にて下船したのか）

空也は自らの決断を奇妙に思っていた。だが、素振りを繰り返すうちに無念無想、雑念は掻き消えていた。

どれほど時が経過したか。

門弟衆が稽古を止めて空也の独り稽古を見ているのを感じた。おそらく素振りを始めて半刻は経ったか。

「宍野六之丞どの、平櫛先生が道場にお見えです」

と峰村が声をかけて、空也は素振りを止めた。

「おお、気付きませんでした」

「平櫛先生と御番頭の山縣様のお二方がそなたと話がしたいそうです」

空也は、道場の片隅に置いた脇差を腰に戻し、木刀を手に峰村に従った。

「あのう、素振りだけで半刻って退屈しませんか」

と峰村が空也に質した。

「中段を基《もとい》にした素振りは、剣術の基とどの流儀でも教えられました。ゆえに素振りは欠かせませぬ」

「ふーん、そんなものですか」

と峰村が答えたとき、見所の前にふたりは立っていた。

空也は道場主平櫛兵衛助と思しき人物に会釈して道場の床に座し、両手をついて頭を下げると、

「平櫛先生のお許しもなく道場にて稽古をさせてもらい、申し訳なく思います。それがし、浪々の修行者宍野六之丞にございます」

と挨拶《あいさつ》した。

「なんの、わしに断らずとも御番頭にして剣友の山縣欣也どのがお許しになったとのこと、気になさるな。それよりも遠目ながらそなたの素振りが見事と感服仕《つかまつ》った。あの素振りは、いい加減な修行でできるものではござらぬ。そなた、

筑前《ちくぜん》福岡藩や肥前《ひぜん》佐賀藩に滞在して稽古を積まれたとか、厳しい稽古ぶりが感じられました。どうだな、うちでも門弟らと立ち合い稽古をなされぬか」

「なんとも有難きお言葉、宍野六之丞、身に余る光栄に存じます」

と空也は受けた。

同じ道を歩く者同士だ。木刀や竹刀を交えれば立ち合いが終わったときには、お互いの気持ちが分かり合える。どこの道場に参ろうと空也はそんな気持ちだった。

いつの間にか十人の門弟衆が右手の壁から立ち上がった。

どうやら空也の素振りの間に立ち合う門弟衆が選ばれていたようだ。

「宍野どの、木刀を携えておられるようだが、立ち合いは竹刀でも構わぬ。客人が木刀か竹刀か選びなされ」

と平櫛が空也に言った。

空也は十人の門弟衆が木刀を手にしているのを見て、

「平櫛先生、木刀で願います」

「よろしい」

と平櫛が答え、山縣が羽織を脱ぐと白扇《はくせん》を手に道場の中央に向かった。どうやら審判を務めるようだ。

空也は会釈を返し、立ち上がると峰村正巳が道場の左手へと誘《いざな》っていった。その途中、峰村が小声で、

「宍野どの、かようなことは初めてです。お止《や》めになるならただ今です」

「なにか差し障《さわ》りがございましょうか」

「わが道場のなかでも、あの十人は猛者《もさ》と申してようございましょう。一番手の十亀重右衛門《とがめじゅうえもん》どのは、われらが何十人かかっても平然としておられます、腕力が強くて竹刀でも本気で叩かれれば手足が折れますぞ。それが十人も。平櫛先生も山縣様もなにを考えておられますか。お止めになるなら今です」

「有難いご忠言《ちゅうげん》、感謝します」

「止めますね」

「いえ、稽古をお願い申します」

空也の言葉に峰村正巳が黙り込んでいたが、

「宍野どのはいくつです」

「二十歳です」

「ああー、それがしより二つも若い」

と嘆息した。

「峰村、なにをごちゃごちゃ客人《きゃくじん》に申しておる。十亀重右衛門がイライラしておるでないか。そのほう、重右衛門に殴られたいか」

と審判の山縣が叱責《しっせき》すると、

「滅相もないことで。初めてのお客人ゆえ、わが道場の立ち合いの習わしを伝えていたのでございます」

と峰村が諦めた口調で言った。

「剣術の立ち合いに格別習わしなどないわ。そのほう、引っ込んでおれ」

と怒鳴られ、

「宍野六之丞どの、さらばにございます」

と永久の別れかと思える挨拶をした峰村は見所に行きかけ、不意に思い付いたように壁際に下がり、座した。いささかの縁を感じた峰村は、万が一の場合、宍野六之丞の後始末をする気でその場に残ったようだと空也は思った。

「峰村どの、それがしの脇差、お預かりくださいますか」

「この際、脇差よりそなたの命が大事ですぞ」

峰村が立ち合い前の、最後の言葉を小声でかけた。そんな峰村に会釈を返した

空也が、

「お待たせ申しました」

と道場に立つ審判山縣の前に歩み寄った。

「平櫛道場方、一番手十亀重右衛門」

と山縣が呼び出した。

「はっ」

と畏《かしこ》まった十亀は、背丈は峰村と同じく五尺六寸ほどだが、稽古着から覗く腕は太く、足腰はがっちりとしていた。

「両者に告ぐ。勝負は一本である。審判のそれがしの命《めい》に従ってもらう、よいな」

十亀と空也の双方が畏まって受け、ふたりは木刀を構え合った。

十亀の体からめらめらとした闘魂が立ち上っていた。十亀は上段に、空也は正眼に構え合った。

「いざ、勝負」

の声を聞いた時、十亀は前屈《かが》みになって迅速果敢《じんそくかかん》に間合いを詰め、微動もせず正眼に構える空也の額へ上段の木刀が落ちてきた。

「ああー」

と峰村正巳が思わず叫び声を洩らし、両眼を瞑った。

一瞬後、悲鳴が上がった。

峰村が恐る恐る眼をあけると、床に十亀の体が転がっていた。

審判の山縣もなにが起こったか分からぬ様子で十亀を見て空也に視線を移し、

「勝負あり」

と宣告した。

「二番手、蓮池智吉《はすいけともきち》」

と道場主の平櫛が呼んだ。

見物の門弟の間に動揺が走った。

「いきなり副将の蓮池さんが呼ばれたぞ、どういうことだ」

「あの高すっぽ、なにかなしたか。なにが起こったか、それがしには分からんぞ」

「そ、それがしにもただ立っていたように見えただけだ」

と門弟衆が言い合った。

蓮池は当初の順番ではなく何人も飛ばして自分が指名されたことに動揺するこ

ともなく、

「願おう」

と落ち着いた声音で空也に言った。

蓮池は空也ほどではないが長身瘦軀《そうく》の体付きだった。歳《とし》は三十代半ばか、明らかに歴戦の兵《つわもの》だった。だが、それは道場での「対戦」での兵だった。

空也は会釈を返し、両者は相正眼《あい》で構えた。

ふたりして相手の両眼あたりを木刀の先端で抑えあった。

蓮池の構えにはどことなく固さが残っていた。対して空也は、そよ風とも思しき、柔軟にして軽やかな動きを想起させる構えだった。

その姿勢のまま長い刻《とき》が過ぎていく。

半刻を超えた辺りで蓮池の息遣いが道場に響いてきた。だが、当人は全くそのことに気付いていなかった。

審判の山縣がちらりと道場主の平櫛兵衛助を見た。だが、平櫛はなんの仕草も見せなかった。

もはや対決を中断させることはできなかった。

さらに四半刻《しはんとき》（三十分）が過ぎたころ、蓮池の体がゆっくりと前のめりに崩れ落ちていった。

道場内は森閑《しんかん》としていた。

空也が木刀を静かに引いた。

「山縣審判、これ以上の立ち合いは無益でござろう」

と平櫛が声をかけ、

「たれぞ、蓮池の介護をいたせ」

と命じた。

空也は審判と道場主に会釈をなすと自分の席へと戻った。

「宍野六之丞どの、そ、そなた、手妻《てづま》使いか」

と峰村が驚きの表情で聞いた。

空也は静かに首を振り、峰村から脇差を返してもらうと、見所に向かって歩み寄った。

「平櫛先生、明日から道場で稽古をさせてもらってようございますか」

「そなた、わが道場の力を承知されておる。それでも稽古に通うと言われるか」

「先生、本日の立ち合い、なんの意も持っておりませぬ。平櫛道場の門弟一人ひとりとそれがしの立ち合いならば力の差は見えたかもしれませぬ。しかし、それがしひとりに、歴戦の門弟衆が十人選ばれて立ち合いが決まった時点から、怒りでいささか平静を欠いておられました、ためにご一統様はふだんの力の半分も発揮できなかったのではありませんか。明日、十亀様と蓮池様と稽古がしとうございます。お二方の実力、それがしと変わるとは思いませぬ」

と空也が言い切った。

「おお、さような見方があるか。それにしても宍野六之丞氏、そなた、いくつに相成るな」

審判の役目を果たした山縣欣也が見所に戻ってきた。空也の言葉を聞いていたか、年齢を問うた。

「二十歳にございます」

「驚いた」

「山縣様、本日の稽古、それがしにとって実に有意義でございました。それがしひとりに対して十人、光栄でした。しかし、尋常の立ち合いとはいえますまい」

と告げた空也が、

「平櫛先生、また明日稽古に伺います」

と言い残して道場をあとにした。

二

空也は外堀に架《か》かる橋の袂《たもと》に立ち、どう時を過ごそうかと迷っていた。未だ萩藩城下町を空也は知らなかった。

「宍野様」

と名を呼ばれたとき、空也は一瞬気付かなかった。二度目に呼ばれたとき、はっ、として振り返ると峰村正巳が平櫛道場のある城下町を背にして立っていた。

「おお、峰村どの、相すまなかった。なんとのう、どちらに見物に向かうか思案していたのだ」

「宍野どのは、惣構はまだ知りませんか」

「惣構と申されると」

「ああ、堀内とも呼ばれる武家屋敷一帯です。平櫛道場は西側、城下町の一角にありますよね」

「それがしの旅籠はずっと北側の松本川に接した方角にございます。城下町は道場を探して歩きましたが、堀内には未だ深くは足を踏み入れておりません。他国《よそ》者《もの》が勝手に歩き回ってよいかどうか、考えていたところです」

「ならば私が案内役を務めましょうか、それとも迷惑ですか」

「いえ、有難いことです。峰村どのの親切に甘えてようございますか」

「むろんですとも」

と応じた峰村が、

「六之丞どのと呼んでいいですか。私の名は正巳ですから、六之丞どのは、正巳と呼んでください」

「承知しました、正巳どの」

と空也が応じると、峰村正巳がようやく寛《くつろ》いだ表情を見せた。

正巳は堀内にはいきなり立ち入らず、外堀沿いに南へ歩き出した。

空也は腰に脇差、手に木刀を携えて正巳に従った。正巳は稽古着を羽織袴に着替え、腰に大小を差した姿だった。

「六之丞どの、そなたの剣術の技量は、平櫛道場を震撼《しんかん》させて、今ごろ道場は大騒ぎですよ。私など歯牙《しが》にもかけない高弟《こうてい》をふたり、あっさりと負かされた。武者修行を何年、続けられましたか」

「四年あまりです。ひたすら稽古相手を見つけては指導を仰いだだけです」

「そう容易く言わないでください。私が道場を出てくるとき、十亀どのと蓮池どのは切腹でもし兼ねない顔でしたぞ」

　正巳が言った。

　その語調を聞いた空也は、平櫛道場では蓮池も十亀も正巳の先輩だが、家臣としては峰村の家系が上位なのではないかと思った。

「道場でも申し上げました。どこの馬の骨とも知れない旅の修行者の立ち合い相手に道場の高弟が、十人も選ばれたのです。そのときから十亀どのや蓮池どのは、平静さを欠いておられたのです。なぜ道場主や御番頭は、一対一の稽古を命じぬとね。初対面の相手との稽古は最初の心構えが大事かと思います、それだけの話です。正巳どの、明日の道場をご覧なさい、あのおふたりからそれがし、滅多打ちに叩かれておるやもしれませんよ」

「いえ、師匠も御番頭も、『あの者、何者か。途轍《とてつ》もない技量の剣術家ではないか』と話し合われておりましたぞ」

「買い被《かぶ》りです」

「そうかな、私は師匠方の判断があたっていると思いますけど」

「正巳さん、明日を楽しみにしておられよ」

と応じた空也に正巳が、

「六之丞さんは西国九州から赤間関《あかまがせき》に渡ってこられましたな。赤間関からは北浦《きたうら》街道ですか、それとも中道筋《なかみちすじ》のどちらを通って萩に参られましたな」

と話柄《わへい》を転じた。

「正巳どの、北浦街道も中道筋も通っておりません。それがし、小倉《こくら》藩で知り合った船頭の荷船に乗せてもらい、萩のお城を海から見て、なんとなく下ろしてもらったのです」

と差し障りのない程度の虚言を弄した。

「えっ、海路でしたか。ならば菊《きく》ヶ浜《はま》に着いたのかな」

「松本川の河口辺りに下ろしてもらったようです」

「ああ、それで堀内の武家屋敷をご存じないのですね」

と得心した正巳は、

「ほれ、これが新堀川《しんほりかわ》です。この界隈は元々沼地でしてね。六之丞どのは萩藩や城下町が建造されたおよそ百何十年も前の萩がどうだったか、なぜかような苦労を藩主家臣一同がなさねばならなかったか、ご存じではございませんよね。萩の家臣ならば、まずそのことを学ばされます」

「ほう、ぜひお聞かせください」

「ならば」

と峰村正巳が新堀川を見ながら空也に懇切丁寧《こんせつていねい》に説明してくれた。それによれば、
関ヶ原の戦いに敗《やぶ》れた毛利輝元《てるもと》は、

「ただ指月然るべき所に候《そうろう》」

との幕府の命を受け、周防の一部を含んだ長門の地に行かされ、萩城の築城に着手したという。

慶長《けいちょう》六年（一六〇一）のことだ。

当時の萩は沼地や葦原《あしはら》に覆われ、古書に曰く、

「萩は以《もっ》ての外《ほか》の田舎にて」

と記されるほどの土地であった。

松本川と橋本川に挟《はさ》まれた三角州の湿地帯の先、海に突き出た指月山は三角州とは陸続きではなく、満潮時に渡るには舟を使うしかなかった。

この萩の城と城下町の整備はまず沼地の埋め立てなど、水との戦いであったと

いう。関ヶ原の戦いで西軍の盟主であった毛利氏への幕府の、

「制裁」

に他ならない。

四年にわたる苦難ののち、萩の北西端、指月山の麓に五層の天守を抱く萩城・指月城が完成した。だが、完成した当初、

「沼の城」

と揶揄《やゆ》され、堀内も城下町も未だ整備されていなかった。

それを丹念に町割りして沼地を埋め、松林を切り開いて整備をなし、築城を始めたのは慶長九年（一六〇四）、完工は四年後の慶長十三年であった。

指月城に接して毛利家重臣が屋敷を連ねる惣構・堀内と城下町とを外堀が分かっていた。

三角州の堀内と城下町が広がり、松本川と橋本川を結ぶ新堀川があって、その北側に町人町が広がっていた。

仕草を交えた説明は、なんとも上手な峰村正巳だった。

「正巳どのはなんとも話が上手ですね」

「いえ、最前も言いましたが萩藩毛利家の家臣ならばだれもが最初にこの建国の苦労話を聞かされるのです」

「毛利家は元来安芸の広島藩が封土《ほうど》だったのですね。この萩藩よりももっと広大な領地、広島を所有しておられたのですか」

「六之丞どの、ただ今広島は浅野家が領有しておられますが、石高は四十二万六千五百石と萩藩と六万石しか変わりません。されど、安芸広島は瀬戸内に面して舟運の要衝です、広島の湊には数多《あまた》の船が往来します。一方、幕府がこの萩藩に命じたのは、山陰路の辺鄙《へんぴ》な沼地に城下を建造し、隠し持った財源をとことん吐き出すことでした。瀬戸内の広島藩と山陰路に面した萩の立地は、天と地ほど違います」

「驚きました」

と空也が応じた。

長州萩藩は、いまも関ヶ原の敗軍の将であることを公儀に許されていなかった。その結果、海防策の手立てがつかず、長崎会所の船を襲う海賊まがいの所業をなして、反撃を食らい、長崎会所への莫大《ばくだい》な支払いを迫られているのだ。空也は、長州萩藩の立場になんとなく同情したくなった。

「はい、萩藩は難儀の城であり、城下なのです。六之丞さんはそんな萩に立ち寄ってみようと船を下りられた」

「いかにもさようです。無知とはかように空恐ろしい」

「六之丞さんには剣の腕があり」

「正巳さんは教養がおありだ」

とふたりで言い合い、認め合った。そのせいかいつしかどのという堅苦しい敬称からさんへと変わっていた。

「それがし、平櫛道場で峰村正巳さんに知り合えて幸運でした」

と空也が言い、

「さて、どこに連れていってもらえますか」

と改めて正巳に願った。

「私が今も通う藩校明倫館《めいりんかん》へ案内したいのですが、宜《よろ》しいですか」

空也は、この武者修行の旅で、薩摩藩と人吉藩の藩校を訪ねていた。藩校はどこも文武両道の兼修《けんしゅう》を謳っていたが、寛政の御世、武より文に重きが置かれていた。

「明倫館の創立は古いのですか」

「享保四年（一七一九）の正月といわれていますから、およそ八十年前の創立です。むろん六之丞さんが深い関心を示される武芸もあります。こちら、格式はうるさいですが、技量は平櫛道場が断然上です」

　と正巳が言い切り、三の丸の南側にある明倫館に連れていった。

「六之丞さんは江戸で素読《そどく》を学ばれましたか」

「それがしの家は、貧しい上に若くして浪々の身の父が身罷りましたで、近くの寺子屋で素読をひと通り学んだだけです。大名家の藩校など滅相もないことですよ」

　と師範遠山に告げたのとほぼ同じ作り話をした。

「武の六之丞さんと文の私のふたりが合わさって一人前《いちにんまえ》ですか」

　正巳はおおらかに言い放ち、

「ここまで来たのです。やはり明倫館道場を見学していきましょうか」

　と道場に案内してくれた。

　道場では古武道の稽古が行われているような気配があった。

「こちらから上がりましょう」

　内玄関から道場に通った。

するとと毛利藩重臣の子息と思しき十二、三歳の少年が古めかしい衣装を身につけて、熱心に稽古に励んでいた。

「おや、どうしたな、正巳」

とひとりの若武者が正巳に呼びかけた。大半の子息より四、五歳上に思えた。

「殿」

と正巳が慌てて道場に片膝を着いた。

空也も見倣《みなら》ってゆったりと頭を下げた。

殿と呼びかけた以上、毛利大膳大夫斉房であろう。

空也は若い藩主を見て、長崎での所業はむべなるかなと思った。どうやら菊地成宗の背後には、若い藩主ではなく老練な重臣が控えていたか、と考えたのだ。

斉房がたれぞと話していた。すると不意に、

「顔を上げよ、宍野六之丞」

と声がかかった。

正巳と空也が顔を上げた。すると昨日、平櫛道場で最初に空也に応対した師範の遠山義一郎が若い藩主の傍らに控えていた。

「宍野六之丞、そのほう、武者修行の途次、わが萩に立ち寄ったか」

と藩主が空也に質した。

「いかにもさようにございます」

「修行は九国じゃそうな」

「はい、ただ今は江戸に戻るべく帰路の途中にございます」

若い藩主にはできるだけ虚言は弄したくないと思い、空也はできるかぎり本音で話そうと思った。

「宍野どの、昨日の約定《やくじょう》を破って相すまぬことをした」

斉房の傍らから平櫛道場の師範が空也に言った。

遠山は平櫛道場の師範である前に、萩藩毛利家の家臣であろう。ゆえに明倫館道場の古武道の稽古に立ち会っていたと思えた。

「約定もなく平櫛道場に先に立ったのはそれがしにございます」

「峰村正巳が明倫館を案内したということは、宍野どの、平櫛道場で稽古ができたか」

「そ、それが」

と動揺した体《てい》の正巳に、

「なにがあったか、正巳、申してみよ」

と若き藩主が命じた。

ちらりと空也に視線をやった正巳が、平櫛道場で起こったことを話すと目顔《めがお》で告げた。空也は頷くしかない。

「大騒ぎにございました」

と前置きした正巳がつい最前、平櫛道場で展開されたひとり対十人の門弟衆の立ち合いの模様を告げた。

「なんとこの宍野六之丞どのが十亀重右衛門と蓮池智吉を破りおったか」

と遠山義一郎が嘆息した。

斉房が、

「そのほう、いくつに相成るや」

と空也に問うた。

「二十歳にございます」

「武者修行には何歳で旅立った」

「十六歳にございました」

斉房が遠山を見た。

「義一郎、そのほう、この者と昨日会ったのじゃのう。技量を察していたか」

「殿、ただの道場破りではないと、落ち着いた物腰にて判断いたしました。腕前はそれなりと推量しておりましたが、まさかあのふたりを手もなく倒すなど夢想もしませんでした」

「予《よ》もそのほうから話を聞かされた折りは、さような者が萩城下に訪れおったか、としか思えなかったがのう。この者と対面して、なんとのうむべなるかなと思うたわ」

「殿、どういうことでございますな」

「世間には途方もない技量の主がいるということよ」

と言い切った十八歳の藩主が、

「宍野六之丞、この場におるのは予の従弟《いとこ》らだ。この者たちに毛利家に伝わる古武道を遠山らが伝えておったが、すでに飽き飽きしておるわ。どうだ、そなたの武者修行の片鱗を予と従弟たちに見せてくれまいか」

と笑みの顔で命じた。

「殿、それがし、ご一統様がお考えになるほどの剣術の技量はございません。されど、殿のお召しにより披露仕ります」

空也は素直に受けることにした。

「うむ」

と明倫館道場の見所に斉房が下がり、従弟たちも控えた。

遠山はまさかかような展開になるとは夢想もしなかったようで、道場の端に立ったままだ。

空也の傍らには峰村正巳が控えていた。

「正巳どの、それがし、本日、大刀を旅籠に残して参った。相すまぬがそなたの刀をお貸し願えぬか」

「そ、それがしの刀をですか」

「決して傷つけるようなことはしませぬ。脇差はそなたに預かってもらおう」

空也が正巳の大刀と自分の脇差を交換し、道場の中央に歩を進めた。そして、毛利斉房に向かって座すと一礼し、

「殿に申し上げます。この剣術の形、流儀は申し上げられません。と、申すのもそれがしが武芸修行の折りにふれて立ち合い、また伝授された各流儀の形をとり込んでおるゆえです」

と断わった。

古武道を従弟たちに伝えようとしていた毛利斉房に虚言は重ねたくなかった。

と同時に物心ついた折りから父に教わった直心影流の極意「法定四本之形《ほうじょうしほんのかた》」を披露しようと思った。

一礼し、立ち上がるや、

「極意一本目」

と朗々とした声で告げた空也は、正巳から借り受けた剣を抜くと、正眼より上に構える「陰の構え」から無発の八相、有発の八相と刀をゆるゆると使い始めた。

その瞬間、明倫館道場の気がぴーんと張りつめた。

「うむ」

遠山義一郎が呻《うめ》き、峰村正巳は両眼を見開いて、これまで見たこともない直心影流の極意に茫然自失《ぼうぜんじしつ》した。

若き藩主の斉房は、笑みを浮かべた顔で空也の動きを見ていた。

秘伝披露の刻は永久の流れを感じさせた。

動作と変化の業は遅滞することなく間髪を入れず、空也一人《いちにん》が攻めと守りを演じていた。

毛利斉房も幼い従弟たちも無心に旅の武芸者の極意披露を凝視していた。

静寂と沈黙のなか、空也の手の刀が気を切る音だけが響いた。

一刀両断《いっとうりょうだん》、右転左転《うてんさてん》、最後に長短一味《ちょうたんいちみ》を披露し終えたとき、明倫館に声もなく神秘の時に支配された場があった。

空也は刀を鞘に納めると座し、斉房に深々と頭を下げた。

「よきものを見せてもろうた。礼を申す」

と若い藩主が素直な感想を述べ、さらに、

「かような奥義《おうぎ》を知る武者修行者がおるとは、この世、捨てたものではないな」

と洩らした。

空也はただ頭を下げ続けていた。

三

空也と正巳のふたりは、明倫館をあとにし、ゆっくりと歩き始めた。

空也は堀内の地理を承知していたわけではない。

正巳は惣構・堀内を知らない空也にまず外の堀伝いから教えようとしていた。

「おお、ここはなんとも不思議な造りですね」

高い土塀を連ねた、鉤型《かぎ》に曲がる道に立った空也が洩らした。

高塀の向こう、屋敷のなかに夏蜜柑《なつみかん》と思しき黄色の実が見えていた。

空也が初めてみる大名家の城下町の光景だった。

明倫館を出た正巳は珍しく口を利かず黙り込んでいた。思いもかけず藩主の毛利斉房に会い、空也は直心影流の奥義を披露することになった。

正巳は藩主が萩城下を訪れた武者修行の若者に関心を示したことに驚き、その者が明倫館道場で見せた業前《わざまえ》にただ仰天していた。

「ああ、ここは鍵曲《かいまがり》と呼ばれる萩独特の造り、見通しが利かないように造られた迷路状の道です。この界隈の鍵曲は中士《ちゅうし》身分の武家屋敷です」

正巳はようやく口を開き、説明した。

「敵方を容易く城中に入れない工夫でしょうか」

「おそらくそうでしょう。されど鍵曲が防衛の役に立ったことは、築城以来ないと思います」

「それがし、あちらこちらで城下町を見てきましたが、かような辻《つじ》は見たこともありません。なかなかの景観です」

と空也が感心するのを正巳が見た。

「どうかしましたか」

「宍野六之丞さん、そなたは何者ですか」

と不意に質した。

「えっ、それがし、ですか。これまで説明したように、この時世の暮らしに外れた武芸修行の変わり者です。どこへ行ってもそう尋ねられますが、それがし、剣術が好きなだけですけどね、不思議ですか」

「うーむ、たしかに剣術が好きなことは分かりました。でも、殿と話されるそなたを改めて見て、一介の武者修行者ではないような気がしたのです」

「正巳さん、考え過ぎです。で、それがしをどのように思われましたか」

「公儀の密偵かと最前から考えていましたが、あまりにも若すぎます」

空也が笑った。どこでも聞かれる言葉だった。

「そのうえ、初めてお会いした斉房様と落ち着いた態度で問答を交わされる六之丞さんは、到底浪々の身とは思えなかったのです。そのようなお方が西国へ武者修行に行くだろうかと考えたのです」

正巳の疑問に空也はどう答えるべきかと迷った。正直に身の上を話したい気持ちもあった。だが、長州萩藩との関わりがある以上、さしあたっていまは、秘匿《ひとく》すべきだと思った。

「正巳さん、われら、知り合ったばかりの間柄《あいだがら》です。むろんそれがしのすべて知っていただいたわけではございません。一つだけ申しておきます。今後とも萩藩に迷惑をかける真似を為すことだけは決していたしませぬ。海から萩の城と城下を見たとき、この地で修行がしたいと思っただけです。そのことは信じてください」

と空也は懇々《こんこん》と説明した。

若い藩主の毛利斉房も大半の藩士も、むろん正巳も、長崎の外海で萩藩の関わりの海賊船が長崎会所の交易船を二度にわたり襲い、その品を京などで売り捌いていたなど、承知していないことだと空也は確信していた。

萩藩に限らず大なり小なりどの藩も財政に苦しんでいた。

西国の雄、薩摩鹿児島《かごしま》藩のように公然たる密貿易、琉球口《りゆうきゆうぐち》と称される抜け荷商いは格別にして、肥後人吉藩のごとく細《ささ》やかな抜け荷で利を得ている藩があることを、実際に密貿易に幾たびか携《たずさ》わり、空也は承知していた。

長州藩は公儀が命じた海防策の資金に困り、藩重臣の一部が異人たちと組んで長崎会所の交易船を襲ったのではないかと空也は推量していた。そして、長崎にいっしょに訪れた篠山小太郎こと菊地成宗の風貌《ふうぼう》と行動を思い出した。

経験したすべてを正巳に告げることは、正巳を苦しめることになると空也は承知していた。

「そう信じます、六之丞さん」

と己に言い聞かせるように洩らした正巳が、

「萩城を見物に行きましょうか」

と話柄を変えた。

「お願いします。それがし、峰村正巳さんがお困りになる真似は決してしません」

「そうですよね。それにもはや殿も承知の宍野六之丞さんです。家臣のどなたも六之丞どのに文句は付けられませんからね」

と言い添えた。

「正巳さん、それがしの萩滞在はさほど長いことはありますまい。出来るだけ正巳さんに気苦労をかけぬようにします」

と武家屋敷を歩きながら繰り返した。

「萩のあと、六之丞さんは、どこを訪ねられるのですか、当てがあるのですか」

「いいえ、それがし、この旅の大半は、どこも下調べして訪ねることはしません。

萩訪《おとな》いがそうだったように城や城下を望遠して咄嗟に決めたり、正巳さんとの出会いのような縁を切っ掛けにその地に逗留したり、行き当たりばったりの修行旅でした。正巳さん、萩の界隈で、大藩はどこですか」

「それはわが毛利家の所領地だった安芸広島の浅野家でしょうね」

と正巳が即答した。

「おお、そうだ、正巳さんが最前説明してくれた安芸広島の浅野家ですか。こちらはぜひ訪ねたいですね」

「六之丞さんは、少しずつ江戸へ戻っておられるのですね」

「それがしの武者修行も四年を超えました、終わりが近づいたようです」

とふたりは話し合いながらそぞろ歩き、いつしか指月山の麓に築城された指月城を眺める橋の前に到着していた。

「おお」

と空也が感嘆の声を洩らした。

日本海に突き出した指月山の麓になんとも優美な天守を持つ萩城、指月城が堀越しに望めた。

空也は豊後《ぶんご》関前《せきまえ》藩の白鶴城《はっかくじょう》を思い浮かべていた。海に囲まれている城の造りが似ていた。

「なんとも美しいお城です」

「六之丞さん、指月城が気に入りましたか。殿にお会いした折りに登城を頼んでみましょうか。殿は六之丞さんをご存じのうえ、何流か知りませんが奥義を見て感動されておりました。きっとお許しになると思います」

「正巳さん、殿にお願いされるのはどうでしょう」

「指月城を見たくないのですか」

「いえ、そういうことはございません。萩藩毛利家のような名家には年寄衆がおられましょう。何事もかような重臣方の許しを得て、殿様という順番ではございませんか」

「おお、六之丞さんはよう当藩の内情をご存じですね」

「大名家の家臣方に分派なきところはございません。とくに藩主がお若い場合、年寄の重臣方が表に立って藩政を主導していかれるところが多いのではありませんか」

という空也の言葉に頷いた正巳が、

「堀伝いに浜に向かいましょう」

と空也に誘いかけた。

指月城への橋から一丁ほど離れたところで正巳が、

「当家も毛利家の分家にして国家老のご一人《いちにん》、加判役《かはんやく》の毛利佐久兵衛《さくべえ》様が若き殿の後見役を任じて分派をつくり、斉房様方になにかと抗《あらが》っておられます」

「やはりさようでしたか。国家老・加判役の毛利佐久兵衛様一派と若い殿様に忠義を尽くす方々との間には溝《みぞ》がございますか」

「家老・加判役一派は重臣方が多く、斉房様に忠義を尽くす一派は中士から下士《かし》の支持が多《おお》ございます。なにかと対立していますが、斉房様が賢明なお方ゆえ、大きな争いにはなっておりません」

「正巳さんは、どちらに与《くみ》しておられますな」

とすでに胸中に答えはあったが、念のため質してみた。

「むろん、藩主斉房様に忠義を尽くすのが家臣の務めと心得ています。ちなみにわが父は長年江戸藩邸の当役《とうやく》のひとりでございました、ああ、当役と申すのは、江戸留守居《るすい》家老を頂点とした行相府《ぎょうしょうふ》でございまして、江戸藩邸の行政機構です。つい最近、わが父も斉房様の命で国表《くにおもて》の萩に戻っております。むろん父も毛利家の股肱《ここう》の臣《しん》にございまして、当職ともいわれる国表の行相府の長、毛利佐久兵衛様とはなにかと意見が対立するようでございます。つまりは斉房様をめぐって国表の当職一派と江戸の当役一派の対立ともいえます」

と正巳が説明してくれた。

「ううむ、厄介ですね」

と応じたとき、指月山の東に拡《ひろ》がる浜に出ていた。

なんとも美しい海岸だった。白砂青松《はくさせいしょう》といえばよいか、かように青く透き通った海を空也は知らなかった。

「この浜は見たことありません。それがし、船を下ろされたのは、この浜の向こうの半島でした」

と空也は松本川の右岸より彼方に突き出した小山を指した。そのとき、なんとなく監視されている気がした。

だが、正巳は格別に変わった様子は見せなかった。

「正巳さん、これまで藩の対立のなかで争いごとは生じましたか」

空也の問いに正巳が黙り込んで沈思していたが、こくんと頷いた。

「一年以上も前でしょうか、当職一派がえらく勢いづいて、藩財政は毛利佐久兵衛様に任せよと城中でも高言《こうげん》しておりました。その折り、当職派と当役派が斬り合いをしたとか、何人かの家臣が死傷したと聞いております。わが剣術の師、平櫛先生は真相を承知かと思いますが、大半の家臣には知らされておりません。それが一年前、当職派に動揺が走ったとか。殿が国家老にして叔父《おじ》でもある毛利佐久兵衛様らを呼んで、激しく叱《しか》りつけたそうです。城の内外の噂ですが、交易にてしくじりがあったとか、多大な損害の償いを萩藩はどこぞから請求されておるとか」

「一年前と申されましたか」

「およそのことです」

高木麻衣から聞き知った萩藩の内情は、やはり若い藩主に無断で当職派の毛利佐久兵衛ら主導で、長崎会所の交易船を襲った時期と符合すると空也は思った。

三度目の襲撃では海賊船フロイス号と長崎会所のオランダ号と新長崎丸の二隻とが砲撃戦を繰り広げ、萩藩の家臣菊地成宗の提案でイスパニア人の剣術家カルバリョと空也が一対一の尋常勝負をなしたことがあった。

空也が勝ちを収め、菊地成宗も高木麻衣の堺筒で撃たれて身罷ったのがおよそ一年前だった。

「六之丞さん、なんぞご存じのような口ぶりですね」

「いえ、ただの好奇心です」

と応じた空也は、

「正巳さん、腹が空《す》きませんか。この辺りにめし屋はありませんかな」

「茶屋もめし屋もございますよ。夏場は、大勢の町人が海遊びにくるのですが、今日は人出が少ないですね。おかげで茶屋もめし屋も空いていましょう」

とふたりは白砂の海岸から松林に向かった。

すると松林のなかに萩藩の家臣と思える若侍が数人、佇んでいた。

「あ、片山流の門弟たちです。あの者たち、当職の武道派と称して、城下の悪さにはすべて関わっております。引き返しましょうか」

と正巳が言った。

「もはや遅うございます、城前の橋辺りからわれらの行動を見張っておりましたからね」

「まずいな」

と正巳が空也を見て、

「そうだ、六之丞さんは平櫛道場の高弟ふたりをあっさりと倒した腕前ですよね、大丈夫ですよね」

と少し安心したように問うた。

「萩城下で乱暴は働きますまい、参りましょうか」

と松林の向こうに並ぶ茶屋へと向かった。

「おや、平櫛道場の若様がどこの馬の骨とも知れぬ者の道案内か」

と五人の頭分《かしら》と思える巨漢が言った。

右の肩に太い木刀を担ぐように載せていた。

「そなた、徒士《かち》左門《さもん》寅太《とらた》であったな、そのほうの失礼千万な口の利きよう、身分を弁《わきま》えよ、許せぬ」

正巳が決然と言い放った。

「ほう、平櫛道場でいまだ尻から数える出来損《できそこ》ないの若様がぬかすか」

「寅太、そのほう、萩藩の家臣であろう。殿様とお目通り許された宍野六之丞どのに非礼を働くと、腹を搔っ捌くことになろうぞ」

「おおおー、言いよるわ」

と仲間に向かって笑いかけた寅太の右肩の木刀が一閃《いっせん》して、正巳の腰をいきなり叩こうとした。

「ひえっ」

正巳が叫ぶのと、空也がするすると出て、手にしていた愛用の木刀で寅太の片手殴りの木刀を叩いたのが同時で、寅太の手から木刀が飛んだ。

「やりおったな」

と仲間四人が刀の柄《つか》に手をかけ、

「くそっ、許さぬ」

と左門寅太も刀の柄に手をおいた。

「おぬし、右手が使えるかな。震えておらぬか」

空也の問いに激した寅太が、なんとか刀を抜いた。

木刀を叩き落とされた折り、右手に打撃を見舞われていた。

「止めておいたほうがよいぞ、寅太」

空也の唆《そそのか》しに四人の仲間も刀を抜いて空也を囲んだ。

松林のなかの騒ぎを茶屋の客たちが見ていた。

「そなたら、止めておけ。町屋の衆が見ておられる」

余裕が出たか、正巳も言った。

「油断いたしたわ、浪々の旅人など叩き斬ったところで、なんの咎《とが》めもないわ」

と寅太が仲間に言い、

「一気に参るぞ」

と命じた。

「正巳さん、下がっておられよ」

と空也が言い、木刀を下段に構えた。空也としては珍しい構えだ。だが、相手の技量はすでに察せられていた。

「いつなりともおいでなされ」

誘いの声に乗って五人のうち、左右の端のふたりが一気に間合いを詰めてきた。

正巳は、最初斬り合いになるなど考えてもいなかった。なんとなくだが、六之丞が斬り合いになるように仕掛けていると思った。

それに乗ったふたりが死地を超えて突っ込んできた。

引き付けるだけ引き付けた空也の下段の木刀が左に、次の瞬間、右に躍《おど》ってふたりが叫び声を上げ、倒れ込んだ。

残りの三人が動く前、空也が相手方へと踏み込んだとき、六之丞がどう木刀を振るったのか正巳には見えなかった。

一瞬の後、五人とも松林に倒れ込んでいた。

「ろ、六之丞さん」

と空也が眼の前で展開した戦いが正巳には理解がつかず、呼びかけた。

「正巳さん、大丈夫です。手加減していますから、骨は折れておりますまい」

「て、手加減しましたか」

「はい」

と答えた空也が、

「めし屋に参りましょう」

と息も弾ませぬ声で言った。

めし屋で一汁二菜と大もりのめしを頼んだ空也に、

「六之丞さん、そなた、何者です」

とこれまでにない険しい声音《こわね》で正巳が糺《ただ》した。その声音を聞いた空也はもはや騙《だま》しきれぬと悟った。

「正巳さん、それがし、この萩藩といささか関わりがございます。そのことを聞いて正巳さんだけの胸に収めてくれませぬか。殿にもそなたの父御にも他言無用です」

空也の真剣な口調に正巳が頷いた。

「話す前にひとつだけ聞いておきたいことがございます。萩藩に菊地成宗なる藩士がおられましたか」

　驚きの表情の正巳が首肯した。

「となれば、当然、菊地成宗どのは当職派ですね」

　また正巳が無言で首を振った。

「藩主毛利斉房様にとって、当役派にとって悪い話ではなかろうと思います。それがし、肥前長崎を訪れようとして偶さか篠山小太郎と名乗る菊地成宗どのと知り合いました。結論から申しましょう。当職派の毛利佐久兵衛様ら限られた萩藩家臣一派が主導したと思える海賊船に長崎会所の交易船が二度にわたり襲われました。海賊船は大筒を搭載《とうさい》し、異人たちが乗り組んでおりました」

「まさか、さようなことが」

　と正巳が驚愕《きょうがく》した顔で否定した。

　空也は、首を振って、

「いえ、事実です。それがしの話を最後まで聞いて判断してくだされ」

　と願うと正巳が微《かす》かに頷いた。

「繰り返しますぞ、正巳さん。長州萩藩が関わりのあるフロイス号なる海賊船は、二度も長崎会所の交易船を襲い、積まれていた異国の品々を強奪すると菊地さん方が京にて販売し、莫大な利益を上げましたそうな。それがしはこの二度の海賊船の襲撃を知りません。さる人に頼まれ、それがしが長崎会所の交易船に乗り込んだのは、三度目の襲撃騒ぎの折りです。菊地成宗どのが乗り込んでいた海賊帆船フロイス号は、長崎会所の交易船に先手を打たれ、砲撃戦の末に動きがつかなくなりました。この砲撃戦とそれに続く肉弾戦にて菊地成宗どのは身罷りました。それがし、その戦いに加わっておりましたで、すべて真実です」

と言い切った。

正巳が空也の確固《かっこ》たる話を聞いて、

「なんということが」

と洩らした。

「ただ今、毛利藩は長崎会所から海賊帆船により受けた被害の償いを請求されておりましょう。この海賊行為を取り締まった長崎会所の船には長崎奉行所の面々も乗り込んでおりました。つまり公儀がこの海賊行為を承知なのです。若い毛利斉房様の苦悩はここにあるかと思います」

「嗚呼《ああ》ー」

と正巳が呻いた。

「正巳さんが得心するまでそれがしの知る話をしますので、真実かどうか判断なされ」

との空也の言葉にがくがくと正巳が頷いた。

四

翌未明、旅籠を出ると松本川の河原におりて、「朝に三千、夕べに八千」の野太刀流の続け打ちを行った。河原にあった流木でタテギを造っての打ち込みだ。

空也は素朴にして強靭《きょうじん》な打ち込みを愛用の木刀で無心に続けた。

朝の日課を終えた空也に峰村正巳が近寄ってきた。

昨日、正巳は空也に従い、旅籠を訪ねていたので宿は承知していた。ゆえに朝、訪ねてきても不思議ではない。だが、空也の朝の日課を見ていたのは、正巳ひとりだけでないことを空也は知っていた。

「六之丞さん、この凄まじい打撃を毎朝なさるか」

「はい。『朝に三千、夕べに八千』の続け打ちがそれがしの日課です」

「毎朝毎夕、ですか。私、稽古を見ても信じられない。これはどちらの流儀の稽古ですか」

「正巳さんの胸に仕舞ってくれますか」

と願った。

「昨日、六之丞さんから」

と言いかけた正巳が、

「ああ、もしかして私の知る名は偽名ですか」

と空也に質し、

「はい。ですが、それがしが萩を去るまで、できることならば宍野六之丞でお付き合いくだされ」

と空也が願った。

正巳がこくりと頷いた。

ふたりはすでにお互いを信頼し合っていた。

「薩摩剣法の一派、野太刀流の稽古です」

「そなたは江戸の御仁ではないのか、薩摩の人ですか」

「いえ、それがしの武者修行の最初の願いは、薩摩の国境を越えることでした」

「薩摩ですと、それは無理でしょう」

正巳が言い、

「なんとか薩摩に入境することができました。ですが、数月、生死の境をさ迷ってのことです。薩摩の重臣の助けで生き返ったのです」

と前置きした空也は、手短に薩摩での一年九月を語った。

正巳は空也の打ち明け話を黙って聞いていた。

「信じませんか、正巳さん」

「いえ、信じます。なんとも凄まじい稽古を見ましたし、左門寅太など歯牙にもかけないそなたの力を改めて知りました。いや、未だ、私はそなたの力をすべて知ったとはいえますまい。これは片鱗ですよね」

と質した。

「峰村正巳さん、ひと晩、考えてそれがしの旅籠に戻って参られましたな」

「分かりません。屋敷を出る折り、そなたは早々に萩城下から立ち去るのがお為と思って、こちらに来ました。しかし、あの打ち込みを見たとき、私、考えをかえました」

空也は黙って頷いた。

「それがしが萩を出たとしても当職派はもはや黙って見逃してはくれますまい。

本日の稽古、正巳さんが見物していただけではありません、間違いなく当職派の面々が見ておりましたからね」

「えっ、私は気付きませんでした」

「おそらく正巳さんが屋敷を出るところから尾行してきたと思われます」

「な、なんと。私が当職派をこの河原に連れてきましたか」

と正巳が動揺した。

「いえ、昨日から想像されていたことです。正巳さんが悩まれることはありません。当職派の腕利きは片山流の門弟ですか」

「いえ、ひとりは新陰柳生当流から片山流に転じられた表組頭《おもてくみがしら》の難波久五郎《なんばきゅうごろう》どのでしょう。そのうえ毛利佐久兵衛様は、領内赤間関にて、数人の武術家を金子で雇い、この萩城下の寺に住まわせているそうです。萩往還《おうかん》と藍場川《あいばがわ》が交錯する町屋にある富山寺《とやまじ》がその者たちの隠れ家だそうです。ですが、私、空恐ろしくてまだその者たちを見たことはありません。表組頭の難波久五郎どのとは比べものにならないほどの殺人剣と噂されています」

正巳の言葉に空也はしばらく考え、口を開いた。

「どうです、これから富山寺に参り、ふたりで用心棒の腕前を見にいきませんか」

「えっ、これからふたりだけでですか」

「本日は遠目に見物です。当職派の面々がそれがしの稽古を見ていったのです。こちらも同じことをしてもようございましょう」

と空也が言い、河原の稽古場の傍らにおいた修理亮盛光を差しながら、

「本日は正巳さんの刀をお借りすることはありませんよ。已の刀を携えていきます、案内願えますか」

と繰り返し乞うた。

正巳が一瞬瞑目し覚悟を決めたように、

「六之丞さんの命に従います」

と答えた。

町屋を東西ふたつに分かつのが萩往還だ。だが、空也は萩往還を横切ったことはあっても、歩いたことはない。そんな空也に、

「瀬戸内の湊三田尻《みたじり》から日本海に面した萩城下に向かって、南から北へと一直線に連なる街道が萩往還です、三田尻（防府《ほうふ》）、山口《やまぐち》、佐々並《ささなみ》、一升谷《いっしょうだに》、明木《あきらぎ》と山のなかの宿駅を過ぎ、悴坂《かせがさか》にくれば萩城下の南外れに着きます。そうですね、三

田尻から萩まで山道十二、三里でしょうか。参勤交代の行列は一泊二日の行程です」

と正巳がすらすらと説明した。

「瀬戸の内海と日本海を結ぶ往還ですか、歩いてみたくなりました」

「六之丞さん、この足で三田尻に向かわないでくださいよ」

正巳が真剣な顔で願った。

「それがし、途中で下りることは決してしません」

「安心しました」

ふたりは黙々と町屋のなかを抜ける萩往還を藍場川の橋の袂まで行き、左に曲がって町屋へ入った。幅一間余の堀が屋敷沿いの道にあって清らかな水が流れて鯉《こい》が泳いでいた。

「寺はもうすぐです。富山寺は、酒好きな住職が通いでくる寺で檀家《だんか》もさほどないと聞いています。いささか寂《さび》れた橋を渡ったところに山門があるはずです」

と訪ねたことはないような曖昧な口ぶりだった。

「ここかな」

とそれなりに広い敷地の富山寺の隣地を覗き、

「ここですね、『葷酒山門《くんしゆさんもん》に入《い》るを許さず』と石碑《せきひ》がありますね、禅宗の寺か」

と正巳が言った。

「禅宗の寺の住職が酒好きですか」

「世の中はそんなものではありませんか。宍野六之丞さんのように『朝に三千、夕べに八千』の素振りを欠かさない若侍なんて滅多にいませんよ」

と言い切った。そして、富山寺の前の屋敷を覗き、言った。

「この家、普請中だ、無人のようですね。道越しにお寺さんを覗かせてもらいましょうか」

確かに寺の門前の屋敷は傷《いた》んだ板壁や瓦の取り換えをやっているらしく足場が組んであった。だが、作業は中断したままのようだ。なぜならば、五つ（午前八時）時分だというのに、職人の姿が見えないからだ。

寺にもこの屋敷にも隣地との境には鍵曲で見たような高い土塀が張り巡らされ、寺は覗けなかった。

あちらこちらを眺めていた空也が、よし、と言うと、

「正巳さん、それがしの刀と木刀を預かってくれませんか」

腰から修理亮盛光を抜いた空也は、木刀といっしょに正巳に渡した。

「この家の屋根に上がらせてもらいます」

と言うと足場伝《づた》いにするすると平屋の屋根に上り、寺を覗いた。

平屋とはいえ、塀よりも屋根上が高かった。ために道越しにがらんとした寺の庭で三人の武芸者がそれぞれ真剣の抜き打ちや長刀の実戦稽古をしているのが見えた。真剣での稽古に三人のそれなりの技量が知れた。

空也は、これは、と思った。

下で待つ正巳を見た。不安げな顔をした正巳に、剣と木刀を携えて上がってこいと仕草で示した。頷いた正巳が足場の陰で空也と自分の刀と木刀を抱えると、意外に身軽に足場を上がってきて、空也の得物《えもの》を渡そうとした。

空也は、低い姿勢をとりなされ、と手振りで命じた。

武芸者たちと屋根の上の空也たちは二十数間余も離れていた。だから、こちらの気配は悟られないと思った。

空也は修理亮盛光と愛用の木刀を手にすると気持ちが落ち着いた。

「おお、あの者たちですか」

と小声で正巳が言った。

「それがしが考えた以上の腕前の面々ですね、修羅場《しゅらば》を潜《くぐ》った殺人剣です」

「当職派のご家老は、あの者たちをどう使おうというのでしょうか」

正巳が空也に訊いた。空也も首を捻《ひね》り、

「藩主の斉房様を支える当役派の力を削《そ》いで、当職派が萩藩を支配することに使うのでしょうね、なにしろ、公儀から萩藩は睨《にら》まれていますから。それがし、そう見ました」

と囁《ささや》いた。

「ああ、あれは」

正巳が富山寺に近づく二挺《ちょう》の駕籠《かご》を差した。

「先頭は家老の毛利佐久兵衛様の乗り物です」

正巳が囁いた。

二挺めはだれの駕籠か、正巳も分からない様子だった。

数人の従者《じゅうしゃ》に囲まれた先頭の駕籠を空也はしげしげと見た。なかなか立派な乗り物だと思った。家老の毛利は、海賊商いで得た金子を未だ密かに隠匿《いんとく》しているのではないかと、空也は推量した。

「家臣のひとりは、表組頭の難波久五郎どのです」

新陰柳生当流平櫛道場から片山流の道場に転じたという表組頭が従っているこ

えた。

とを正巳が告げた。

空也には難波久五郎が直ぐに分かった。それなりにきびきびした動きだ。

今朝方、空也の朝稽古を見ていたのは難波久五郎の配下の者だろうか。空也の稽古ぶりと、藩主に忠心を尽くす正巳が空也と会ったことは、すでに当職派の頭領に伝わっていることを家老毛利の駕籠は示しているのではないか、と空也は考えた。

二挺の駕籠が悠然と富山寺の山門を潜った。

本堂前で稽古をしていた三人が動きを止めて家老を迎えた。

先頭の乗り物から恰幅《かっぷく》のいい武家が降り立った。

「やはり毛利佐久兵衛様です」

と言う正巳の声が震えていた。萩藩の国家老が浪々の武芸者を雇っていることを目《ま》の当たりにして、正巳は動揺していた。

二挺めの駕籠から下りたのは町人だった。

「ああ、札座用達《さつざようたし》を務める城下の御用商人浜中屋《はまなかや》七左衛門《しちざえもん》だ、まさか七左衛門が当職側についているとは」

と驚愕の声を洩らした。

そのとき、本堂から一人《いちにん》の武芸者が姿を現わし、国家老毛利と浜中屋七左衛門を迎えた。形《なり》と挙動、それに遠目にも立派な羽織袴に武芸者一団の長《おさ》と知れた。

「六之丞どの、相手は四人ですよ。あのような用心棒侍を雇うにはお金がかかりましょうね。城中の御金蔵《おかねぐら》はからっぽだと聞いていますがね。ああ、そうか、御用商人の浜中屋から金子が出ているのか」

と正巳が独り得心した。

毛利佐久兵衛、浜中屋七左衛門、難波久五郎、それに用心棒の長と見られる人物の四人が富山寺の宿坊《しゅくぼう》で密議を凝らすのか空也と正巳の視界から消えた。

「どうしたものでしょう。手はありますか、六之丞さん」

「さて、どうしたものでしょう」

「あやつら、萩藩を乗っ取るつもりですよ」

若い藩主を裏切り、長崎会所の交易船を襲い、海賊商いをしてきた当職派だ。すでに何年も前から萩藩を事実上乗っ取っていたのだ、と空也は思ったが、正巳には改めて告げなかった。

「正巳さん、藩主毛利斉房様に忠心を尽くす藩士の方々で頼りになる家臣はおられませんか」

「頼りになる家臣ですか、六之丞さんのような腕達者はいないないな」

　と首を傾げた正巳が、

「何人でしょうか」

　とさらに空也に質した。

「十人といいたいが七人いればなんとかなりましょう。剣術の技量より萩藩と藩主斉房様に忠心を尽くす若侍がいいな」

「当役方の家臣にいますよ。あっ、そうだ。平櫛道場の門弟で、中士の次男三男坊や下士の嫡男などで、長門組《ながとぐみ》なる集《つど》いがありました。私も一応一員です。でも、いま、長門組は中断しています。当職派の嫌がらせでね」

「正巳さんの家系は萩藩の上士《じょうし》でしたね」

「一応、上士です。とはいえ、六之丞さんがすでに承知のように剣術の技量は長門組のなかでも最下位です」

　正巳は正直に自分の立場を告げた。

「長門組の頭分はどなたです」

「はい、一応この峰村正巳です」

　と恥ずかしそうに正巳がいった。

「いえ、私が頭分というのは、長門組のなかで殿様に直《じか》に話ができる者ということで、なんとなく任じられたのです」

「念押ししますが、長門組は斉房様に忠勤をつくす一団ですね」

「はい、近ごろでは当職派がのさばっていますから、最前話しましたように長門組は影が薄いですね。なんの活動も集いもこのところしておりません」

「峰村正巳さん、長州萩の藩政が当職派の面々や御用商人の浜中屋七左衛門や、金子で雇われた用心棒に専断されることがあってはなりません。長門組の面々に頭の峰村正巳さんから、藩政改革のために命をかける覚悟がありやなしや、改めて直に質してくれませんか。そのうえで長門組の何人かが、賛意を示してくれるならば、夕刻、今後の行動を話し合いませんか」

「殿にはこの一件、伝えましょうか」

「斉房様と正巳さんは直に会うことが叶いますか」

「それはもう、私、未だ斉房様の近習《きんじゅ》のひとりですから」

峰村正巳がこれまで空也に告げなかったことを口にした。

「なんと、それがし、ただ今まで正巳さんが藩主の御近習とは存じませんでしたぞ」

「言いませんでした。峰村正巳、なんとも影が薄いですからね」

「ようございます。長門組が再活動をすべく人数が集まった折りには、殿様にこの一件、お知らせして了解を得てくれませんか」

「宍野六之丞さんが助勢してくれると殿にも長門組にも話してよいですか」

正巳の問いに空也は頷いた。

「長門組の再結成、斉房様のご承諾を得たのち、今夕にもどこぞで長門組の面々と会いたいのですが」

「浜辺に近い城下町に住吉《すみよし》神社がございます。長門組が結成された当初、集いはこの神社の社務所の一室、神輿蔵《みこしぐら》のようなところで催していました。私、長門組の人数が揃わなくとも、必ずや住吉神社の社務所に暮れ六つ（午後六時）には参ります」

と正巳が決然と言った。

首肯した空也が富山寺の本堂を眺めたが、宿坊での談義は未だ続いていた。

用心棒三人は本堂の前で稽古を続けていたが、最前と異なり緊張感と険しさが薄れているように思えた。

「それがし、ここにしばらく残り、当職派の首脳陣の様子を窺って、旅籠に戻ります」

「分かりました」

と返答した正巳が屋根のうえに這《は》いつくばり退《しさ》っていった。

正巳が消えて四半刻後、富山寺宿坊の談合は終わった。

当職派の頭領、毛利佐久兵衛と御用商人の浜中屋七左衛門のふたりの姿が見えた。そして、ふたりがそれぞれ駕籠に乗り、萩往還を城下町へと戻っていった。

空也はそのあと、普請中の屋敷の屋根から下りて、人影がないのを見定めて富山寺の山門を潜り、荒れ放題の庭を伝って本堂に近づいてみた。

開け放たれた宿坊では、難波久五郎と用心棒の頭分と、なんと通いの住職らしき坊主の三人が貧乏徳利《びんぼうどくり》を真ん中において、ぼそぼそと問答を繰り返していた。

空也は話を聞けるところまで近寄りたいと、淀《よど》んだ水が溜まった泉水《せんすい》の一角にあった庭石の背後に潜《ひそ》むことにした。ここだと、風のお蔭で宿坊の声音が聞こえてきた。

酒を飲んでいるのは富山寺の住職独りだった。酔いのせいで声高《こわだか》になり、

「どうだ、そなたらふたりがおるのだ。薩摩剣法の達人東郷四方之助《とうごうよものすけ》、そなたの腕前なら、どこの馬の骨とも知れん旅の若侍など容易く始末できよう。それで事

が終わろうが。あと始末は難波様、そなたの役目で、どうだ」

と喚《わめ》くと、手にしていた茶碗酒をきゅっと音を立てて飲み干した。

「和尚《おしよう》、わが藩は周防と長門の国を有する大藩じゃぞ、東郷四方之助どのの手を借りんでも、当職派で始末はできる。だがな、いささか、公儀から睨まれていることもあってな、慎重を期さねばならんのだ」

「なんだ、公儀から睨まれているとは」

と和尚が質した。

空也は、薩摩剣法の達人東郷四方之助、と聞かされたが、なんとなく薩摩剣法を標榜《ひようぼう》している輩《やから》ではないかと思った。

「和尚、朝から酒を飲みすぎじゃぞ。それがし、東郷どのと話が終わったゆえ、城に戻る」

難波久五郎が立ち上がった。

空也は、庭石の陰から早々に寺の境内《けいだい》を出て、最前までいた寺の前の屋敷に戻った。

難波久五郎が足早に萩往還へと向かった。

空也は、どうしたものかと迷っていた。

薩摩剣法と富山寺の住職が口にしたことに空也は拘《こだわ》っていた。

そのとき、馴染《なじ》みの猿叫《えんきょう》が寺から響いてきた。

（なんと）

予測に反した薩摩剣法の独特の気合声を聞くと、普請が中断された屋敷の屋根の上にふたたび上った。

東郷四方之助が素足《すあし》で木刀を手に、いつの間に据《す》えられたか、タテギを続け打ちしていた。

空也は、じいっ、とその動きを凝視していた。

第三章　そなた、何者か

一

江戸・深川六間堀町《ふかがわろつけんぼりちよう》。

仲秋、穏やかな日和《ひより》であった。

坂崎磐音は、鰻処宮戸川《うなぎどころみやとがわ》の裏庭に立った途端、一瞬遠い昔に戻っていた。店裏の井戸端で磐音は、鰻割《さ》きの仕事を始めた。

豊後関前藩を脱《ぬ》けて、勤番《きんばん》で承知の江戸に出たはいいが、浪々の身になり立てでまず食い扶持《ぶち》を得るのに困った。

千代田城のある向こう岸より本所《ほんじよ》・深川では住まいや食い物を始め、すべてが安いことを磐音は承知していた。ゆえに深川六間堀町の金兵衛《きんべえ》長屋に住まいを求めた。そして、この界隈で稼ぎ仕事を求めたいと考えていた。

そんな折り、六間堀界隈で鰻を捕り、鰻屋に売るという幸吉《こうきち》少年が宮戸川に磐音を連れていってくれ、鰻割きの仕事を得たのだ。

磐音の佇む庭が、江戸での定まった稼ぎの場となった。

あれ以来、茫々《ぼうぼう》の歳月が過ぎていた。

坂崎磐音は五十路《いそじ》に入り、この深川界隈の住人が「江戸」と呼ぶ千代田城傍ら、神保小路にある直心影流尚武館坂崎道場の主《あるじ》であった。

鰻割きがいまや幕府の官営道場と称される尚武館道場を主導していた。

門弟衆は直参《じきさん》旗本を始め数多の大名の家臣や子弟が集って、道場主の磐音は、一体何人の門弟がいるのか、定かに把握していなかった。

磐音に残された最後の務めは、尚武館道場を後継者に譲り渡すことだ。磐音には一子空也がいた。その空也は、十六歳で武者修行に出て、四年が過ぎている。

この間に空也は二度、死の危機に直面し、坂崎一家は弔《とむら》いを営《いとな》む仕度までした。

そんな死の淵から空也はしぶとく生き残っていた。

武勇の地、薩摩を始め九国での修行を経た空也はただ今、山陰路の長州萩藩に滞在しているらしいことも承知していた。

空也の周辺から伝わってくる漠《ばく》たる言葉の断片から倅《せがれ》は武者修行を終えようと考えているのでは、と推量された。

武人であるかぎり修行は生涯求められるものだ。若い剣術家が他流の武芸者に教えを乞い、ときに命をかけて真剣勝負に及ぶ武者修行は格別の挑戦だった。

そんな過酷な歳月を終えようと決意した空也のただ今が、一番危険な月日であることを磐音は承知していた。

江戸へ、尚武館道場に戻ると脳裏に浮かんだとき、空也はある意味、守りに入ったともいえた。そんな気持ちは空也に限らずどの剣術家にとっても同じことだ。心身が極限まで緊張した生き方に反して、どことなく弛緩《しかん》した気持ちが忍び寄るのだ。

（空也よ、身を捨てよ。最後の刹那《せつな》まで初心に立ち戻り、戦え）

と磐音は、胸中で祈りながら鰻割きをしていた井戸端を眺めた。

そのとき、

「父上、皆さん、お揃いでございます。英次郎様の父上、舅《しゅうと》どのも参られました」

と睦月の声がして磐音が振り返ると、娘の睦月と中川英次郎夫婦が立っていた。

この日、朝稽古を終えた磐音は一家で小名木川《おなぎ》左岸にある霊巌寺《れいがんじ》に赴き、おこんの父親、金兵衛と母親のおのぶの墓参りを済ませ、宮戸川を訪れていた。

磐音は、空也が異郷の上海の地を訪れて高麗人の剣客長南大との対決をなしたことを知り、同時に武者修行が終わりに近づいていることを空也の周りから伝えられて、ある考えを思い付いた。

空也の武者修行に心を砕いてきた江戸の知友や門弟衆ら「身内」を宮戸川に招いて、前の長崎奉行、ただ今は勘定《かんじよう》奉行として奉職する中川忠英を講師に長崎や上海について語ってもらおうとの企《くわだ》てだ。これは霧子が、

「長崎も、ましてや清国上海を知りません」

と洩らしたことを聞いて、かような場を催すことにしたのだ。

むろん中川英次郎の実父が忠英だ。

「おお、そうか。それは失礼をした」

と睦月の声に応じた磐音がいま一度井戸端に視線をやり、

「それがしの、坂崎磐音の武者修行は、この宮戸川のこの井戸端から始まった」

とぽつんと告げた。

磐音が豊後関前藩を脱藩したあと、江戸でどのような暮らしを始めたか、睦月

も英次郎もおよそ承知していた。

だが、父の磐音のかように感傷に満ちた肉声を睦月は初めて聞いた。睦月も英次郎も卒然と父親が、舅がなにを思案していたかを悟った。

「兄は父上とは異なる武者修行を続けております」

「睦月、武者修行に限らず、修行には百人百様の在《あ》り方があると父は考える。父子とは申せ、坂崎磐音と空也の武者修行が異なって当たり前。いや、命をさらけ出す覚悟があれば、百人百様の修行があったとしても不思議でなかろう」

「父上」

「なんだな、睦月」

「父上は、隠居を考えておられますか」

と睦月が尋ねた。

英次郎が睦月を見た。

磐音はしばし間をとって笑みを浮かべた。

「睦月、剣術家坂崎磐音に引退という二文字はあるまい。尚武館をだれが継ごうと坂崎磐音は一剣術家として生を終えたい」

と穏やかな口調で言い、婿《むこ》に眼差しを向けた。

「英次郎どの、そなたには苦労をかけるな。だれもが空也の修行しか見ておらぬ、その陰で耐えている人間もいるということを忘れておる。どちらがつらいといって、英次郎どのの生き方がつらかろう」

睦月がはっとして父を見た。

「舅どの、それがしの選んだ途《みち》にございます。一切悔いはございませぬ」

「その言やよし、皆のところに参ろうか」

と磐音がふたりに言いかけた。

睦月の両眼が潤《うる》んでいることを父親は見た。

本日、宮戸川は昼間、坂崎家の貸し切りとした。磐音から話を聞いた鉄五郎《てつごろう》が即座に貸し切りとしたのだ。鉄五郎もまた坂崎家の「身内」であった。

いつもは尚武館道場の敷地内にある母屋に集まる面々が顔を揃えた。

将軍家斉の側近、速水左近、杢之助《もくのすけ》・右近兄弟、薩摩藩江戸藩邸の重臣渋谷重《しげ》恒《つね》と娘の眉月、両替商今津屋《いまづや》吉右衛門《きちえもん》に老分《ろうぶん》番頭の由蔵《よしぞう》、御典医《ごてんい》桂川甫周国瑞《かつらがわほしゅうくにあきら》、豊後関前藩家臣重富利次郎・霧子夫婦、尚武館道場の客分向田源兵衛《むこうだげんべえ》、小梅村坂崎道場主田丸輝信《たまるてるのぶ》と早苗《さなえ》夫婦、神保小路尚武館の師範の川原田辰之助、尚武館道場の三助《さんすけ》年寄りの小田平助《おだへいすけ》に松浦《まつうら》弥助、さらには磐音の古き友の品川柳次郎《しながわりゅうじろう》、竹《たけ》村武左衛門《むらぶざえもん》と多士済々《たしせいせい》の顔ぶれだった。むろんおこんや中川英次郎・睦月夫婦らも加わっていた。

この席に初めての人物、長崎会所の壱場安太郎ひとりが緊張の体《てい》で座していた。

「お待たせ申しましたかな」

と磐音は、二十余人の顔ぶれが揃った座敷の末席に座して本日の趣旨を述べようとした。するといきなり、中間姿の武左衛門が、

「まさか空也がすべった転んだという話でわれらを呼び集めたのではあるまいな」

と言い放った。

隣席の品川柳次郎が、

「旦那」

と武左衛門の膝を押さえた。そこへ娘の早苗がにじり寄り、

「父上、私があれほど口は慎《つつし》んでくださいと申し上げたのをお忘れですか。ならば、この席から辞去してもらいますよ」

と抑えた口調ながら決然と言った。

だが、この場の大半の人々が磐音の古き友を承知で、驚きもしなかった。いや、

ひとりだけ壱場安太郎が、

「うっ」

と呻き声を洩らした。すると、隣に座していた睦月が、

「安太郎さん、驚かれましたか。この場には上様側近のお方から中間姿の武左衛門様まで多彩な人物が顔を揃えておられます。わが父の交友の歳月がこの場におられるともいえます。安太郎さんはどなたかご存じのお方は、おられませぬか」

「過日もお目にかかりましたから先の長崎奉行の中川忠英様は承知です」

「私の舅様です、壱場安太郎様」

「えっ、睦月様のお舅様は勘定奉行の中川様ですか」

「はい、わが亭主どのは先の長崎奉行の中川忠英様の子息でございます」

「なんと、うっかりしておりました」

と安太郎が驚いたとき、武左衛門が柳次郎と早苗に口をふさがれ、磐音が、

「ご一統様、これまで幾たびも皆様には、倅のすべった転んだ騒ぎでご心配をかけて参りましたが、本日は空也が滞在していた長崎や清国上海の話を勘定奉行の中川忠英様と長崎会所の壱場安太郎さんに紹介してもらう企てです。もはやそれがしの挨拶は無用、速水様、それがしに代わって座の皮切りを務めていただけま

せぬか。それがし、本日は接待役に専念いたしますでな」

「ううん、武左衛門に先手をとられて天下の剣豪坂崎磐音も形無しか」

「仰《おお》せのとおりにございます」

「ならば武左衛門の喉が渇いておるようで手短にご一統にお知らせしようか。しばし待て、よいか、武左衛門」

と制した速水左近が間を置いた。

「過日、長崎会所の壱場安太郎どのから、上海での空也の話を聞かされた。その一件じゃが、空也が瀕死《ひんし》の大怪我から回復した快気祝いに出島の阿蘭陀《おらんだ》商館長から贈られたという銃器だが、ヨーロッパ貴族が決闘の際に使うフリントロック短筒一対とかで、なんとも見事な拵《こしら》えよ。飛び道具というより貴族の矜持を感じさせる一対の決闘用短筒を、空也は上様に献上したいと願ったのだ。そこでそれがしがその役目を果たしたと思しめせ」

「左近、なに、武者修行中の空也から予への贈り物とな」

とそれがしから豪奢《ごうしゃ》な箱を受け取った上様がその場で蓋を開けて、しばし沈黙して眺めておられたが、

「空也が予に贈り物か、なんとも見事な一品であるな」

「若武者は、上様から拝領の修理亮盛光を携えて武者修行を為しております。その空也が異国の貴族らが己の名誉を守る折に使う、かようなフリントロック式銃が和国においてお似合いになるのは上様ご一人《いちにん》、公方《くぼう》様こそ相応《ふさわ》しいと考えたようです。

上様、坂崎空也の気持ち、お汲み取り願えませぬか」

と申したところ、家斉様はなんとも満足げに微笑まれ、

「左近、空也の気持ち、快く受け取ろうぞ。倅は父を超えた剣術家への道を歩いておるのではないか。予は空也と一日も早く再会したいぞ」

「……と仰せられた。この速水左近まで上様のお気持ちが伝わったようで、なんとも良い気分になり、この場に座しておる。壱場安太郎どの、そなたの遣いの最後をこの速水左近がさせてもらったわ。礼を申すぞ」

との左近の言葉に、

「きっと上様のお気持ち、武者修行中の空也様にも伝わっておりましょう」

とこの場の雰囲気に慣れた安太郎が応じた。

「速水の殿様、わしは異国の短筒の話より宮戸川の白焼きでいっぱい飲みたいがのう」

と娘の早苗と品川柳次郎が、つい空也の贈り物を上様がいたく気に召した話に気をとられた隙《すき》に武左衛門が言い放った。

座敷の外に控えていた鉄五郎親方に磐音が合図して、宮戸川の女衆が膳部《ぜんぶ》と酒を運んできた。

「安太郎さん方のお蔭で兄は思いがけなく上様のお褒《ほ》めに与《あずか》ったようです、有難うございました」

と睦月が礼を述べ、眉月の席を見て、ふたりの女が頷き合った。

身分を超えた者同士の宴が賑やかに始まった。直ぐに睦月と安太郎の席に渋谷眉月がやってきた。父親の渋谷重恒は速水左近や今津屋の主吉右衛門や番頭の由蔵らと話が弾んでいた。

若い眉月がこの席に移るのはむべなるかなだ。

「壱場安太郎様」

と呼びかけられた安太郎が慌てて、

「姫様、私は長崎会所の雇員のひとりに過ぎません。どうか呼び捨てで願います」

と懇願《こんがん》した。

「わたくし、そなたの上司となる高木麻衣様とは長崎でお会いしたこともあります。その折り、会っておればそなたも姫様などと呼びますまい」

と坂崎一家の闊達《かったつ》な雰囲気を知る眉月が言った。

その言葉に安太郎が頷き、

「あの折りは、私、会所の船に乗っておりまして、眉月様にお目にかかる機会を失しました」

「長崎を訪れたのは薩摩から江戸に戻る途次《とじ》、一度だけです。異人の帆船も泊まり、町並みも食べ物もまったく鹿児島とも江戸とも違い、魅惑的な湊町にございました。そんな長崎に空也様は長いことおられたのですね」

眉月も話柄を巧妙に変えた。

「はい、どなた様が相手か私は存じませぬが、唐人寺の戦いで空也様が大怪我をされましたので、高木麻衣の命《めい》でわれら、出島に運び込み、異人の医師の手当てを受けさせました。空也様は運の強いお方です、異国人の医師の手術を受けられたのですからね、さような町は和国で長崎だけでしょう。たしかに空也様の意識は長いこと戻りませんでしたが、そのことは、私め、こう考えます。武者修行は心身ともに常に緊張を強いられるものでしょう。ですから、あのように無心に寝ておられた月日に、緊張をほぐすよう、休めよと天の神様が命じられたことと思います。その証《あかし》に、空也様を休息の場から現《うつつ》の世に引き戻されたのは、高麗人の剣客李遜督《りそんとく》様の剣の力であったとか。和人の剣術家と高麗人の剣客のふたりの戦いが、いいえ、治療が長崎会所の一室で三日二晩、繰り返されました。その結果、空也様はこの世に引き戻されたと高木麻衣より聞かされております」

壱場安太郎はこの場の者たちが文でしか知らないことを告げた。

「お喋《しゃべ》りばかりして、安太郎さん、食べる暇《いとま》がないわね。まずはお酒を」

と睦月が安太郎に酌《しゃく》をした。

「恐れ入ります」

と酒を一口飲んだ安太郎が、

「私、鰻の蒲焼《かばやき》は初めて食します。長崎には唐人《とうじん》の食い物やら、オランダ、フランス、イスパニア、ポルトガルの料理はありますが、かように香のよい鰻料理は見たこともも食したこともありません」

と言った。

「ならば、ひと口食してみませんか」

　と睦月に言われた安太郎が箸をつけた。

「おお、これは美味だ。唐人や南蛮人《なんばんじん》の食い物は香辛料がたくさん使われていますから、長崎本来の食い物は、上品すぎるというか、いま一つかないません。でも、この鰻の蒲焼は絶品ですよ。お酒もいいが、こんどは白焼きを頂戴《ちょうだい》します」

「睦月様、私も宮戸川に招かれて膳を頂戴するのは初めてです。鹿児島にもかような鰻の調理法はないと思われます」

　と眉月が言ったとき、磐音が立ち上がり、

「本日は、長崎や上海について中川忠英様にお話しいただこうと思います。最前、中川様と話した折り、『それがしの話は堅苦しいでな、長崎会所の壱場安太郎さんに真打《しんうち》は務めてもらうことにして、それがしは前座を務めさせていただきましょう』と仰せになりました。また話は酒を飲みながら白焼きや蒲焼を賞味しつつ聞いていただければよいとの寛容な申し出でございました」

　と紹介したのに応えて、勘定奉行の中川忠英が立ち上がった。

　上海どころか長崎さえ知らないと訴えた一件があってこの企てを催したと磐音に聞き、霧子は姿勢を正し耳を澄ませた。

「霧子、そなた、長崎を知るまいな」

と利次郎が霧子に言った。霧子がなんとなくふたりの間の一子、力之助のことを案じている顔付きを見て利次郎が話しかけたのだ。

「存じませぬ、楽しみでございます」

と笑みの顔で言った。

「力之助は乳母の末女が世話をしておるわ、案じるな」

「利次郎さんも末女さんに育てられたのですものね、案じたりしていません」

と亭主に応じた霧子の期待どおり勘定奉行の中川忠英は、長崎奉行時代の、公儀と長崎会所の関わりに絞り、話を展開した。それは空也が上海に赴いた一件とも絡んで、なかなか面白い話だった。

続いて話者として登場した壱場安太郎は、忠英の話をうけて、空也の上海行と異国でのアンナ嬢の誘拐騒ぎを克明に語り、その場の人々を惹《ひ》き付けた。

とくに睦月と眉月の傍らに席を移していたおこんは、清国上海の佇まいのなかでの空也によるアンナ嬢の救助作戦を思い描くことができた。おこんの膝の上にはイギリスで刊行された上海の写真画集「上海」が載せられていた。アンナ嬢の父親、武器商人のスチュワート氏が、アンナ嬢の無事奪還を感謝して空也に贈った大荷物の中のひとつだった。それを本日、持参してまず眉月に見せた。

「おこん様、この書物があれば空也さんのお働きが、安太郎さんの話と相まってよく理解できますよ」

と眉月は感心した。そこでおこんは、その写真集を一座に回すことにした。すると安太郎の話を聞きながら、写真を見て、

「おお、河港《かこう》というから隅田川の船着場を想像していたが、江戸の内海にもない河港ではないか」

「おお、立派に石組の建物が並んでおるわ」

などと言い合った。

中川忠英と壱場安太郎の話におこんが持参した写真画集「上海」が加わり、一座の者は上海をくっきりと思い描くことができた。

最後には当然、空也がいつ戻ってくるかという話になった。

霧子と眉月は、この話に加わることはなかった。なぜならば、ふたりは空也の武者修行の最後を姥捨の郷で迎える決意をしていたからだ。このことを承知なのは、坂崎家と利次郎らごく少数の者だけだった。霧子は密やかに一子の力之助を自分の故郷に伴《ともな》うことを考えていた。

最後に、磐音が立ち、

「おふたりの話者に深い感謝を申し上げます。空也の武者修行の一部を垣間見る《かいまみ》ことができました。この次は、空也自身が自らの修行を話す機会を作りたく思います。いかがですかな」

と告げると、最前までふたりが話している間、酒の酔いでうとうとと眠り込んでいた武左衛門が、

「わしゃ、空也の話よりな、坂崎磐音、異国の酒が飲んでみたいぞ」

と言い放ち、この集いらしい幕切れとなった。

二

暮れ六つ前・長州萩城下。

空也は住吉神社の鳥居を潜る前に、萩の美しい海に接した御船蔵《おふなぐら》にいた。石造りの船寄せには、珍しく頑丈な木造の扉と瓦屋根があった。

毛利家の代々の殿様の御船蔵だった。だが、御船の姿はなかった。

住吉神社と藩主の御船蔵は、海に接していた。

空也はゆっくりとした歩みで御船蔵から住吉神社に向かった。
江戸初期、萩浜崎《はまさき》の商人が大坂《おおさか》に向かおうとして嵐に遭《あ》い、船が沈みそうになった。商人は、
「わが命が助かった暁《あかつき》には大坂の住吉大社を萩の地に勧請《かんじょう》いたします」
と誓って萩の住吉神社が誕生したのだ。鳥居も狛犬《こまいぬ》もなかなか立派だった。
主祭神は、
底筒男命《そこつつのおのみこと》
中筒男命《なかつつのおのみこと》
表筒男命《うわつつのおのみこと》
であった。
拝殿は豪壮な建物ではない。しっかりと普請がなされた拝殿に拝礼した空也が、社務所はどこかと見廻すと境内の一角に峰村正巳と数人の若侍がいて、手招きしていた。
「六之丞さん、御船蔵を見物しておられたようですね」
正巳が言った。
「殿様の御船蔵だそうですね。萩の海に乗り出すには格好の場所に造られていま

す。でも御船の姿は見えませんでした」

「何年前でしょうか。野分《のわき》の折りに御船蔵まで波が入り、沖合に御船が持っていかれて海に沈み、以来、御船蔵に船はありません」

と正巳が寂し気に言った。

その言葉に空也は長門組を見た。正巳より若い三人は、正直頼りになりそうとは思えなかった。だが、藩主毛利斉房に忠勤を励む面々だと正巳が言い添えた。

「正巳さん、長門組はこちらの三人だけですか」

空也は思ったより少なかったな、と思いながら聞いた。

「社務所にもう三人いて、あとひとり遅れてくるはずです」

正巳が一応腰に刀や脇差を差した三人を、一《いち》ノ木富士夫《きふじお》、野坂吉之助《のさかきちのすけ》、今村太《いまむらた》郎次《ろうじ》、と紹介してくれた。萩藩の家臣のなかでも下士というのは形で分かった。

「それがし、宍野六之丞です、よろしくお付き合いください」

と挨拶すると、三人のなかでいちばん小さな一ノ木富士夫が、

「わしら、明倫館でそなたの奥義を拝見しました」

と眩《まぶ》しそうに空也を見た。

「おれたちもな」

と野坂吉之助が今村太郎次に言った。吉之助と太郎次は顔付きも体付きもよく似ていた。従兄弟《いとこ》同士だと正巳が説明し、

「ふたりして弓術《きゆうじゆつ》をよくします」

と言い添えた。

「ほう、日置《へき》流弓術ですか」

「いえ、野坂の家に伝わる小弓《こゆみ》です。矢が飛ぶのは二十間、効き目があるのは八間でしょうか」

と太郎次が恥ずかしそうに言った。

そのとき、御船蔵のほうから頑丈な体付きをした若者が走ってきた。

「親父の明日の漁仕度をしていて遅れました、すまんことです。峰村正巳様」

と詫びた。

「六之丞さん、三好海造《みよしかいぞう》は、御船蔵の番士の家系でしてね、ふだんは漁に出ています」

と紹介した。

海造の背丈は五尺七寸ほどか、長門組四人のなかでは一番頼りになりそうな頑健な体と動きをしていた。

「よし、社務所に行きましょうか」

正巳が空也に言った。

社務所は波の音が響いてくる住吉神社の隅《すみ》にあった。祭礼の道具を収納する建物が長門組の集いの場だった。

社務所には松明《たいまつ》が灯《とも》されていた。その灯《あか》りのなかに残りの三人、村木《むらき》平吉《へいきち》、浜《はま》谷《や》健一《けんいち》、そして、七人のなかで一番体格のよい日下《くさか》次助《じすけ》がいて、空也らを迎えた。

「六之丞さん、村木平吉と浜谷健一は、剣術はそこそこですが、手裏剣《しゅりけん》をよくします。ふたりでいつも競い合っています。ただし、実戦に役立つかどうか」

と上司の正巳が辛辣《しんらつ》にも言った。

「吉之助と太郎次の小弓は、二十間飛びますが、われらの手裏剣は、飛ぶのはまあ四、五間かな。実戦がどんなものか知りませんので、役に立つとは言い切れません」

と健一が謙遜《けんそん》するように言った。

「日下次助は、宝蔵院《ほうぞういん》流の槍《やり》を使います」

「そうか、槍を使われるから手足も足腰も頑健に鍛えられていますね」

空也の言葉に日下次助が照れたように笑った。背丈六尺はありそうだ。

「以上が長門組の七人です」

と長門組唯一、上士の家系の峰村正巳が改めて空也に紹介して、

「およその事情は説明しています」

と言い添えた。すると、村木平吉が空也に言った。

「六之丞さんが菊地成宗様と知り合いとは驚きました」

「それがし、長崎を訪ねた折り、篠山小太郎と名乗る人物と偶然いっしょになり、同道して長崎に入りました。後ほど小太郎どのが長州萩藩の毛利家家臣菊地成宗と知ることになります」

と前置きした空也が菊地との出会いから長崎会所の交易船の荷を襲う海賊一味の行状《ぎょうじょう》と、その結末までを手短に告げた。正巳に話さなかったことも付け足していた。

「萩藩が海賊商いをしていたのですか」

一ノ木富士夫が信じられないという、疑念の顔で質した。

「萩藩が海賊の真似事をしたのではなかろう。国家老毛利佐久兵衛様が頭の当職派の所業であろうが。菊地様は毛利佐久兵衛様の子飼いだったからな」

と日下次助が腹立たしげな表情で言った。

「いかにもさようです」

と空也が応じて、

「そなた方が当代の殿様に忠勤を尽くす当役方の面々ならば、毛利斉房様と萩藩のために命を捨てる覚悟で当職派と戦わねばなりませんぞ」

と皆を鼓舞《こぶ》するように言うと、

「われら、たった七人ですぞ。正巳さんを加えてもたった八人、国家老の当職派を退治できるか」

と浜谷健一が首を捻《ひね》り、

「六之丞さん、そなたはわれらの味方じゃな」

と質した。

「それがし、長崎に逗留しておるとき、長崎会所に世話になりました。ゆえに海賊商いを主導した人物、萩藩の名を穢《けが》した毛利佐久兵衛どのを許すわけにはいかないのです」

と空也が言い切った。

「よし、長門組は一応九人になったぞ、それも頼りになる武者修行の宍野六之丞どのが客分で長門組に加わるのは心強いかぎりだぞ」

とちびの一ノ木が言った。

「そうだ、一ノ木富士夫さんの得意技をお聞きしておきましょうか」

「はあ、おれの得意技があったか」

と仲間に聞いた。

「ないな、ちびの富士夫にあるわけはなかろう」

「幼いころ、よく娘をからかって親に怒鳴られていたな」

「ああ、あった、あった。あれが富士夫の得意技か」

と仲間が言い合った。

「昔のことを思い出させるな。あのころ、いじめた娘っ子に今もいびられておるわ」

と平然と答えた富士夫が、

「六之丞さん、あったぞ。おれ、だれよりも負けない得意技がな」

「なんですか、富士夫さん」

「木登りだ、これならだれにも負けないぞ」

と胸を張ったが、仲間から揶揄《からか》いの言葉も聞かれなかった。

「長門組八人衆の得意技が分かったところで、それがしの立場を申しあげておきましょう。その前に」

といったん言葉を切った空也が、

「長門組の頭分は峰村正巳さんでよろしいのですね」

と質すと、

「仕方ないよな、上士だし、殿様の近習は正巳さんだけだもんな」

と富士夫が言い、

「ああ、おれたちとは家柄が違うから、長門組の頭分は決まりだ」

と小弓の野坂吉之助が応じて手裏剣の浜谷健一も賛意を示した。

「そこだ」

と叫んだのは正巳だ。

「私が頼りにならないのは私自身がいちばん分かっておる。そこでな、提案じゃぞ」

と言い出した正巳に、

「まさかおれに頭領を務めよってんじゃないよな、正巳様よ」

と富士夫が切り返した。

「幼い娘いじめと木登りが得意の富士夫が長門組の頭領だと、おりゃ、家に戻るぞ」

宝蔵院流の槍術が得意という日下次助が言った。

「よく聞け。私が言いたいのは、私ではなくここにおられる宍野六之丞どのに長門組の頭を務めてもらいたいのだ。みなの考えはどうだ」

正巳の言葉に、

「異議なし」

「それしか打って付けの人物はいないよな」

と富士夫と海造が即座に応じて空也を見た。

しばし沈思していた空也が、

「改めてそれがしの立場を申し上げます。萩藩の政争に関わりなきそれがしが表《おもて》に出るのはよいこととは思えませぬ。いいですか、当職派の家臣を毛利斉房様のもとへと鞍替《くらが》えさせるには、やはり藩中の人間が汗と血を流す覚悟でなければならないのです。峰村正巳さん、分かってください」

空也の言葉に正巳が顔を伏せて考え込んだ。そして、顔を上げるとまず空也を見て、

「そうですよね。数日前に会ったばかりの六之丞さんに願うのは筋違い、私ども

が命をかけることが大事なことですよね。六之丞さんは長門組の客分でよいですね」

という正巳の言葉に空也は頷いた。

「うーむ、おれたち、やっぱり八人だけで事をなすのか」

と富士夫が洩らし、日下次助が、

「いや、違うな。六之丞さんは長門組の頭分に就くのはダメだが、客分として助勢には応じると言ってなさるのだぞ」

「えっ、そんなこと、いつ言ったよ」

「富士夫、言葉うんぬんよりすでにわれら長門組の集いに出ておられるではないか」

と言い切った。

一同が空也を見つめて、空也が頷いた。

「では改めて言う。この峰村正巳が長門組の頭分を続けてよいな」

「おう」

と七人から了解の返事が飛んだ。

正巳がこれからどうするという顔で空也を見た。

「平吉どの、健一どの、手裏剣を携えておられますか」

と空也がふたりを見た。

ふたりが黙って懐《ふところ》から星型手裏剣を三つずつ取り出して見せた。

「拝見したいのですが。この社務所では試せませんか」

「われら長門組がなぜこの社務所を集いの場にしたかというと、ここは当職派の家臣には知られていないこと、それとなんでも古道具が揃っているからです」

平吉が言い、健一といっしょにその場から消えると古畳《ふるだたみ》を一枚運んできた。社務所の壁に立てかけたふたりが五間ほど離れたところに立ち、富士夫が懐から柿ひとつを出すと、小刀で古畳に突き立てた。

手慣れたもので的を拵えたということが空也にも分かった。ただし富士夫がなぜ柿を持っていたか、よく分からなかった。

「平吉、やるぞ」

健一が宣告し、平吉が無言で応じた。

松明の微かな灯りが古畳に止められた的の柿を浮かび上がらせた。

空也はふたりが同時に星型の手裏剣を柿の周りに打ち込むのを見た。

寸毫《すんごう》の間に六枚の手裏剣が柿の実の周りに花びらを造った。

空也が、ぱちぱちと手を叩いた。

「うむ、弓は社務所では使えんのが悔しいな、太郎次」

と吉之助が言った。

「お二方、明日にも拝見いたしましょう」

と応じた空也が、

「三好海造どのの得物は船の櫂《かい》ではありませんか、社務所にございますかな」

にやりと笑った海造と同時に次助がその場から消えた。が、直ぐにそれぞれ櫂で造った木刀と七尺五寸余のたんぽ槍を手に戻ってきた。たんぽ槍とは、穂先のかわりにたんぽを付けた稽古用の槍のことである。

「六之丞さん、平櫛道場の高弟十人との立ち合いも明倫館での奥義披露もわしも次助も見ておらん。われら相手に見せてもらえますか」

と海造が言った。

「承知仕った」

社務所が空也の力が試される場へと変わった。

空也は木刀を手に、

「おふたり一緒に攻めてくだされ、ようござるか」

ふたりが顔を見合わせた。だが、直ぐに頷き合い、古畳を背にした空也にふたりがそれぞれの得物を構えてみせた。

「手加減は無用、却《かえ》って怪我を負うことになります。おふたりしてそれがしを打ち殺す決意で攻められよ」

「よし」

と次助が頷き、一間半余の間合いで見合った。

空也は愛用の木刀を右蜻蛉《とんぼ》に構えた。

その場に驚愕の呻きが洩れた。なんとも美しい構えにだ。この構えが薩摩剣法のものとは八人だれもが知らなかった。だが、一同が驚くのはまだ早かった。

空也が両眼を閉じた。

「なんの真似か」

富士夫が思わず洩らした。

直後、たんぽ槍が静かに扱《しご》かれて、気配もなく空也の喉元へと突き出された。

同時に海造がたんぽ槍の傍らを踏み込みながら、古櫂を削った太い木刀を空也の脳天へと叩きつけた。ふたりしてなかなかの攻めだった。

「ああー」

と富士夫が叫び、正巳が堪《た》えきれず眼をつぶってしまった。

その正巳の眼が開けられたとき、たんぽ槍の柄《え》が叩き折られて、古櫂の木刀が虚空を飛んでいた。

村木平吉と浜谷健一の手が動いた。最後まで隠し持っていた星型手裏剣が空也の顔と胸に向かって飛ばされたが、どう動いたか、空也の木刀が飛来する手裏剣をこつんこつんと音をさせて叩き、勢いを失った手裏剣が古畳に突き立った。

静寂と無言。

空也が静かに瞼《まぶた》を開いた。

「われら、長門組が団結する儀式にござる。ご一統、峰村正巳どのにそなたらの命、託しなされ」

と空也が言いかけると、

「お、おれはなにも披露しておらんが、仲間でよいな」

と富士夫が一同に問うた。

「必ずや木登りが役立つ戦いがござろう。その折り、そなたの技を見せてもらいますぞ」

と空也が言うと、

「よし、宍野六之丞を驚かせてみせる」

と富士夫が言い、一同から笑いが起こった。

そのあと、一刻余、当職派との戦いの手順や対抗策が語られた。そのなかで、藩主派ともいえる当役派が勝利する鍵は、新陰柳生当流の平櫛道場の動きだということで一致した。

「この一件、慎重に考える要がありますね」

峰村正巳が当惑の表情で言い、

「なにしろ、平櫛道場の門弟衆のなかで最低の技量といえば聞こえはよいが私、一ノ木富士夫の木登りほどの芸もない」

と自嘲《じちょう》した。

「平櫛先生のお気持ちを動かせるのは萩藩でただおひとりです。藩主毛利斉房様のお言葉が、真意が、先生に伝わることこそ肝心でしょう」

「殿を説得せよと私に申されますか」

「正巳どの、明日にも殿にお目にかかることはできましょうか」

「近習ゆえ御側《おそば》に仕える職務にございます。されどお言葉をお掛け申すのはなんとも」

「いえ、それがしの書状を密かにお渡し願えませぬか」

と空也が懐から用意していた毛利斉房に宛てた書状を差し出すと、

「はっ、はい」

と正巳は狼狽《ろうばい》気味に受け取り、今宵《こよい》の長門組の集いは終わった。

三

翌未明、空也が「朝に三千、夕べに八千」の朝稽古をしていると、だれかが空也を監視していた。この数日いつものことだ。一瞬、その者たちの存在に思いを致したが、野太刀流の稽古に没頭した。

当職派が赤間関で雇ったという用心棒の頭分東郷四方之助は、なんと薩摩剣法の達人だった。そのことを知った空也は、いつも以上に無念無想を心掛け、木刀での続け打ちに没入した。

どれほどの刻《とき》が過ぎたか。

空が微かに白み始めた。

すると監視者たちが空也を囲んでいた。稽古を止めた空也が、

「それがし、朝稽古を邪魔《じゃま》されるのが嫌いでな」

と話しかけた。

空也を囲んだのは、藍場川と萩往還の交差する北側にある寺を塀にする東郷四方之助配下の三人だった。

相手側から返事はない。

「用事がなければ、それがし、稽古を続けさせてもらう」

との空也の言葉に、

「おぬし、薩摩剣法を承知か」

と三人のひとり、総髪を後頭部でまとめていた浪人剣術家が驚きの声で質した。

この者には東国の訛りがあった。

「そなたらの頭、東郷どのは薩摩剣法の達人じゃそうな。それがしは剣術修行の一環として『朝に三千、夕べに八千』の続け打ちを取り入れているに過ぎん」

「ならばおぬしの流儀はなんだ」

「諸国を遍歴《へんれき》するうちにあれこれと習い、どれがそれがしの流儀か分からんでな、答えようもない」

「抜かせ、若造が」

と東国訛りが叫び、

「おぬしの朝稽古も今日で見納め、終わりである」

と宣告した。

「そう申されても、そなたらの命《めい》には従えぬ」

と空也が言い、この三人の他に別の人物が空也らの動きを眺めているのを確かめた。

三人が刀を抜いた。

「そなたら、東郷どのの稽古を承知であろう。薩摩剣法で使われる木刀の恐ろしさを知らぬか。刀など一撃でへし折るぞ」

「東郷どのは、格別、おぬしのような流儀のごた混ぜとは違う」

刀を上段に構えたふたりめが空也を牽制《けんせい》するように踏み込む動きを見せた。だが、それは見せかけ、仲間ふたりの攻めから目を逸《そ》らさせる動きと知れた。

「参られよ」

と空也が応じて、木刀を右蜻蛉に構えた。

（美しい）

と三人とは立場が異なる見物人、萩藩浜方下士の日下次助は、宝蔵院流の稽古

槍を手に思った。そして、

（宍野六之丞の剣術）

は只者《ただもの》ではないと改めて考えた。

そのとき、三人がほぼ同時に仕掛けた。

三人に囲まれた六之丞の動きを日下次助は見落とした。うっかりとしてではない、凝視していたにも拘《かか》わらず見落としたのだ。

右肩にぴたりと構えた木刀といっしょに六之丞がどう動いたか、見定めることを得なかった。背高の若武者が、

（風になった）

と思った。

若鮎《わかあゆ》が岩場の流れを遡《さかのぼ》るように長身と木刀が躍ったと思った瞬間、三人の悲鳴を同時に聞いた。

三人の刃が平地《ひらじ》あたりで叩き折られて河原に飛んでいた。

「そなたらの刀代、毛利佐久兵衛どのは支払ってくれるかのう。東郷どのに願っては、おぬしらの命が危なかろう」

六之丞の声音は平静だった。それに比して刀をへし折られた用心棒侍らは茫然

自失していた。

「どこぞで刀を誂《あつら》えねば用心棒稼業は続けられぬな。ともあれ、今朝は立ち退《の》くことを許す。次なる機会は刀ではない、使い物にならん体になることを覚悟せよ」

空也の言葉を聞いた三人が蹌踉《そうろう》と河原を立ち去っていった。

「驚きました、と月並みの言葉しか出てこん」

と言いながら空也の前に姿を見せたのは、長門組の若衆のなかで一番頼りになると思える萩藩浜方下士の日下次助だった。

「稽古を邪魔されましたで、いささか腹立ちまぎれに無益なことをしてしまいました」

「あの者たちは国家老が赤間関で見つけたという用心棒ですよね」

「はい」

「あの三人の頭分は六之丞どのといっしょの薩摩剣法の遣い手ですか」

空也と三人の問答を聞いていた次助が尋ねた。

「いかにもさようです。それがし、その者が寺の境内で稽古をするのを遠目に見ましたがなかなかの遣い手かと思いました。東郷四方之助と名乗っていますが、それがしには薩摩者とはどうしても思えません。三人と同じく東国の出の者でしょう、東郷どのは薩摩以外の地で薩摩剣法を修行したのではないでしょうか」

と空也は宝蔵院流の槍を使うという日下次助に言った。

「ふーん、そうか」

と返事をした次助が、

「宍野六之丞どのもどこぞで薩摩の剣法を習いましたか」

「西国のさる大名家の所領地で薩摩剣法に出会いました」

「薩摩藩に他国者が入るのは至難の業《わざ》と聞きましたが、宍野六之丞どのは国境を越えられましたか」

空也は、宝蔵院流の槍術をそれなりに修行してきた次助にできるだけ虚言は弄したくなかった。

「その地に辿りついたとき、それがし、半死半生《はんしはんしょう》でしたから、薩摩であったかどうか定かに覚えておりません」

次助が黙り込んで考え、

「いや、六之丞さんは、きっと薩摩藩内で本物の薩摩剣法示現流を修行したんだ」

と決めつけた。それには構わず、

「どうです、宝蔵院流の槍とそれがしの薩摩剣法で打ち合い稽古をしませんか」

「昨夜、わしの槍が全く六之丞さんの木刀に通じぬと知らされました。稽古をつけてもらえますか」

と次助が願い、空也は頷いた。

次助は、半刻ほど、みっちりと空也に稽古をつけられた。

萩藩に伝わる宝蔵院流の槍術《そうじゅつ》を徒士《かち》の父親に習い、さらには明倫館で槍術師範から十年余も叩きこまれてきた次助は、それなりに自信があった。だが、昨夜、六之丞の木刀の一撃に己の力を知らされた。

今朝は、初心に立ち戻り、六之丞に武術を基から習うつもりで力のすべてを出し切って挑み、六之丞との力量の差をさらに感じさせられた。だが、気持ちのよい汗を掻くことができた。

刻限は五つ時分か。

「腹が空きませんか」

「空きました」

「ならばわが旅籠でいっしょに朝餉《あさげ》を食しませんか」

空也の問いに次助は即答しなかった。

「わしら、家の外でめしを食ったことはない」

と恥ずかしそうに言った。

長門組のなかでなんとか金銭に余裕のあるのは、斉房の近習にして上士の家系の峰村正巳だけだろう。

「それがしが泊まる旅籠です。慎ましやかな宿ですが朝餉は美味《おい》しいですよ。次助さん、武者修行者は懐に二朱も持っていれば、贅沢《ぜいたく》な気分です。どこへ行っても道場の長屋や寺社に泊まらせていただけますので、旅籠代はかかりません。その代わり、当然、相手様方に自分の体と技でお返しいたします。長崎にいた折り、長崎会所で手助けをしました。その折り、長崎会所よりなにがしかの礼金を頂戴しました。旅籠のめし代など気にしないでください」

と次助に言った。

「萩藩の菊地成宗どのと戦った話は昨夜聞き、驚きました。ひと晩、萩藩の内所を考えて、わしら下士が表で飲み食いできぬくらいなんでもないと、己に言い聞かせました。菊地さんは、当職派の国家老毛利佐久兵衛様の腹心として手柄を立てる要があったのでしょうね。でも、海賊商いで死んではつまらん」

と次助が言い切り、

「全くです」

と応じた空也は次助を旅籠に伴い、ふたり前の朝餉を頼んだ。

台所に接した板の間で、鯖《さば》の煮つけに芋の煮もの、エソを原料にした蒲鉾《かまぼこ》と味《み》噌《そ》汁《しる》に、次助が眼を見張って、

「正月でも食えん」

と嘆息した。

「斉房様も夕餉ですら一汁二菜と聞きました。長門と周防を領有する萩藩は周りを海に囲まれて、交通の要衝でもあり、なぜかように財政が苦しいか、それがしには理解がつきませんでした。藩を二分しての内紛が長く続いておると昨夜も皆さん方に懇々と聞かされ、ようやく察しがつきました。とはいえ、長崎会所の交易帆船を襲っての一攫千金《いっかくせんきん》など、以《もっ》ての外《ほか》です。事実、長崎会所の償いを萩藩は請求されておりますね。当職派の横暴をいつまでも許しておくわけにはいきますまい。次助さん、この際、藩改革をなさねば萩藩の苦難はいつまでも続きますよ」

「分かっています。ですが、長門組八人でなにができましょうか」

「まずは斉房様に長門組の決意を知ってもらうのが第一です。さすれば、当役派の方々が助勢してくれましょう」

「何年も前から長門組の面々で思案して、当職派の専断に抗ってきましたが、その都度、当職派の力に潰《つぶ》されて、長門組三十人ほどの一統は、こたびは八人しか集まりませんでした。この八人とて、宍野六之丞さんの力頼みです。六之丞さんの支えがなくなれば、きっと瓦解《がかい》します」

次助は朝餉の箸を止めて、空也の言葉に応じた。

「日にちは長門組にも当役派にも、いえ、萩藩そのものにもありません。ですが、家臣がひとつにまとまることができるならば、必ずや藩政改革のきっかけになりますよ。それがし、武者修行のこの四年に、あちらこちらの大名諸侯藩を見てきました。抜け荷の利益で財政を改革しようとしている藩もありました。ですが、なにより藩主と家臣団がひとつにまとまったところが強いと心から思い知らされました。長年の財政悪化を一挙に取り戻す道などありません。地道にこつこつとやるしか策はないのです」

空也の言葉に次助が顔を上げて、

「武者修行とは、切った張ったの日々かと思いましたが、違うのですか、六之丞さん」

「この時世から浮き上がった武者修行は、なんの意味もないと武者修行に出て、思い知らされました」

空也の言葉を長いこと沈黙して考えていたが、

「宍野六之丞さんがひとり、萩藩にいればな」

と溜息《ためいき》とともに次助が洩らした。

「いえ、峰村正巳さんを頭に七人の長門組がおります。このことを忘れてはなりません」

「はい」

と返事した次助が、

「馳走《ちそう》になりました」

と礼の言葉とともに旅籠の台所を辞去しようとした。

「今宵の集いで会いましょう」

空也が応じた。

その夕刻、住吉神社の社務所、というより祭礼の道具を収める蔵にて長門組の集いが催された。

　この集いに一番遅れてきたのが峰村正巳だった。

「正巳さん、遅いぞ」

　と木登りが得意技という一ノ木富士夫が文句をつけると、

「うむ、これほど緊張した日は私には覚えがない」

　と上気した顔で応じたものだ。

「ふーむ、なにがあったよ」

「殿に六之丞さんの書状をお渡しすることができた」

「まさか殿様はその場でお読みにはなりますまいな」

　小弓が得意な今村太郎次が正巳に質した。その傍らには小弓と矢が置かれてあった。むろん従兄《じゅうけい》の吉之助も得意の得物を持参していた。

「ご一統、驚くなよ。殿はしばし考えられて、『正巳、この場にて待て』と申されて六之丞さんの文を披かれたのだ」

「ほう」

　御船蔵の番士の三好海造が空也を見た。正巳がさらに続けた。

「文を読み進められると直ぐに殿のお顔に驚きと次に喜びの表情が浮かび、文を幾たびも読み返されてな、私にお顔を向けられた。『正巳、相分かったと伝えてくれぬか』『六之丞どのの文への返書、あるいは伝言がございましょうか』『いや、最前の一言でよい。坂崎空也どのはお分かりになる。予が文を書くのは平櫛道場の主宛てだ。正巳、予の文遣《ふみづか》いをなせ』と申されて、私は城中の奥にて二刻（四時間）ほど待たされたのだ。

そのあと、殿の直筆の書状を携えて、新陰柳生当流の平櫛道場に行き、殿の書状を差し出すと、『なにっ、殿直々《じきじき》の文とな』と平櫛先生も驚かれてな、道場から私邸に私を連れていかれ、文を披かれた。この場でも平櫛先生は驚愕されて、幾たびも殿の書状を繰り返し読まれ、『この一件、間違いは決して出来ぬ』と独り言を時折り、繰り返され、考えを纏《まと》められた様子でな、『正巳、そのほういま一度城中に戻り、殿にお会いして、それがしの返書を届けよ』と命じられた。私、これまでかような文遣いの一日に覚えはないわ」

と疲れた顔でぼやいた。だが、その表情は満足げでもあった。

「正巳さん、どういうことだ」

星型手裏剣の遣い手の浜谷健一が質した。

うーむ、と唸った正巳が、

「殿の書状も平櫛先生の返書もそれがしは読んだわけではない。ゆえに何事が起きているのか、分からぬ。だがな、それがしが察せられたのは、平櫛先生が毛利斉房様に改めて忠誠を尽くすとの返書を認《したた》められたような気がするということだ」

と自らの推量を告げた。

「おお、それはよい。新陰柳生当流の平櫛先生は、先の大組頭じゃ、ただ今は城下町にて新陰柳生当流の道場主、城の内外に絶大な力を持っておられるぞ。一同、そのことをお分かりか」

と富士夫が一座を見廻した。

「ちびめ、そなたが分かることはこの場の皆がすでに察しておることだぞ」

と海造が言い放った。

「待て、分からぬのは、この場におられる宍野六之丞どのの文を殿が即刻お読みになったことだ。さらには、それを受けた殿の書状が平櫛先生を動かされたことだ。それもこれも六之丞どのの殿への書状が始まりであろう。かようなことが萩藩にこれまであったか」

と言い出したのは小弓の野坂吉之助だ。

「おお、武者修行の一旅人が萩藩の藩主と新陰柳生当流の剣術家を操《あやつ》っておられるな、何者だ、宍野六之丞どのは」

と今村太郎次が応じて、一同が空也を見た。

空也は軽く両眼を閉ざして一同の問答を聞いていた。

座を言い知れぬ沈黙が支配した。

空也が両眼を開いて、

「正巳さん、大仕事をなされましたね」

と長門組の頭に笑みの顔で話しかけた。

「大仕事ですか。私はとてもさような行いをしたとは思えませんが、ひたすら緊張の一日でしたぞ」

と言った正巳は何ごとか迷ったような眼差しを武者修行者に向けた。

「なんだ、長門組の頭、いいたいことがあれば口にするのが仲間同士、長門組のよきところではないか」

と富士夫が言った。

「ちびの木登りめ、そのほう、私の言葉を聞き洩らしたか」

「頭、おれが最前からの報告を聞いていなかったと言われるか。うーん、なんであろうか、さようなことは万々、一ノ木富士夫にはないはずだがな」

「いや、あった。あるいは一同の胸のなかに正巳さんの言葉が重くあるのではないか」

と言い出したのは日下次助だ。

「おい、槍士、おれが聞いておらなんだ言葉とはなんだ」

「おう、正巳さんが返書はございますかと聞いた折り、殿が正巳さんに応えられた一語だ。『坂崎空也どのはお分かりになる』という一語だ。坂崎空也とはどなたのことだ」

との次助の言葉に、一同が宍野六之丞と知る空也を見た。

正巳は、つい先日、武者修行の主から、

「萩城下に滞在中は、宍野六之丞として付き合いくだされ」

と願われた言葉を思い出していた。ということは偽名だ。坂崎空也が本名というのか。なぜ殿は坂崎空也と承知していたか。

正巳がそんなことを考えていると、

「それがしの名などこの際、大したことではござらぬ。そなたらの前には当職派との戦いが待ち受けているのですからね」

と空也が言った。

四

空也と富士夫は、当職派の用心棒東郷四方之助らの住処《すみか》、富山寺の敷地を眺めることができる普請場の屋根に上がっていた。

夜明け前の刻限だ。

空也は、「朝の三千」の続け打ちを休んでこの場にきていた。

それより遡ることおよそ半刻、八つ半（午前三時）の刻限と思しき暗闇《くらやみ》のなか、旅籠の部屋に人の気配がした。

空也は、枕元の修理亮盛光に手を伸ばした。すると闇から声がした。

「刀と木刀はおれが握っている」

空也は、布団に入れた脇差を握り、その声が長門組のちび一ノ木富士夫と気付いた。

（なんと、不覚をとったか）

真《まこと》の敵方なら殺されていても不思議ではなかった。

「おれさ、人に気付かれぬようにどこへでも忍び込めるよ」

「富士夫さんの特技は木登りだけではないか」

「あれは表芸、裏芸はこの忍び込み」

空也は布団の上に起き上がり、胡坐《あぐら》をかくと、

「どうなされた」

「おお、昨夜の集いのあとな、独りになったとき、そうだ、国家老毛利佐久兵衛様の奥座敷に忍び込んでみようと思ったんだ。すると用心棒の頭分の配下だった三人は、六之丞さんの木刀で刀をへし折られて、東郷なんとかのもとへ帰るに帰れず、萩城下から逃げだしているのが分かった。うん、国家老様と東郷なにがしかの問答を聞いて分かったのさ。そのあとのことよ、おれも魂消たよ」

「なんであろう」

空也は一ノ木富士夫に十分冷や汗を掻かされていた。

「赤間関在番所におるはずの小郡正左衛門《おごおりせいざえもん》様の声がしてきたではないか。おれ、驚いたよ。なぜといって小郡様は、当役派の上役のひとり、殿に忠勤を尽くす上士のひとりと見られていたからだよ。小郡様の話しぶりを聞くと、やつは前々から当職派だったんだな。この小郡様はな、国家老の命で何人か配下の者を萩に連

れてきているそうだ。腕利きと言っておったがあてにはなるまい。ともかくだ、毛利佐久兵衛様は、萩藩内紛、当役派との対立に一気に決着をつける心算だぞ」

と言い切った。

「ほう、富士夫どのは、えらい仕事をなされたな」

「ほうほう、おれの名にどのをつけて呼ばれたか。もっと近くまで寄れば、内密と思えるぼそぼそ話が聞けたんだがな、東郷なんとかが居るのだ、近寄れなかった」

「いや、それでよいのです、富士夫どの。当役派と見られた家臣が当職派に取り込まれていることが分かっただけでも役立ちます。小郡様だけではありますまい。こちらの動きも変わらざるをえませんからね。ともかく事が動きだしたのはたしかです」

空也は旅籠の部屋の暗がりのなかで身仕度をした。

するとかたわらに修理亮盛光と木刀がそっと返されてきて、小さな灯りが灯された。

富士夫は、六之丞の手に脇差があるのを認めた。

「うむ、脇差はどこにあった」

「布団のなかです」

　と空也が答えて、

「おお、おれのほうが危なかったか」

「いえ、不覚はそれがしです。富士夫さんの忍び込みに気付かなかったのですからね」

　と己の未熟を悔いた。

「おれはさ、昨日の晩から起きていた。六之丞さんは、寝入りばなと違うか」

「さようなことは言い訳になりません。相手が剣術家ならばそれがしはもはやこの世の者ではなかった」

　空也の後悔の言葉を聞いた富士夫がしばし考え、

「おれはさ、剣も槍も手裏剣も小弓も使えないからね、寝入っていた六之丞さんも油断したんだな」

　と言ってくれた。さらに、

「おまえさんがな、偽名ではなく、殿が呼ばれた坂崎空也どのならば、おれの忍び込みを許さなかったかもしれんぞ。宍野六之丞なんて偽名を名乗るからしくじったのだ」

と言い添えた。

空也は、富士夫のいうことにも一理あると思いながら、

(やはり油断があった)

と悔いた。そのことを振り払うように、

「富士夫さん、どこへ連れて行ってくれますか」

と聞いた。

どう考えても空也を驚かすためだけに旅籠の部屋に忍び込んだわけではあるまいと思い付いた。

「おお、代官の小郡正左衛門様はよ、自分の屋敷に戻られたぞ。だが、東郷なにがしは、小郡様が赤間関から連れてきた者どもを伴い、富山寺の隠れ家に向かったのさ。おれは、国家老の屋敷からなかなか抜け出せなくてな、こんな刻限におまえ様の旅籠に忍びこむ羽目になった。どうだ、富山寺を覗きにいかないか」

とちびの富士夫が言った。

そんなわけで、空也と富士夫が藍場川と萩往還が交差する近くの富山寺に慌《あわ》ただしく向かった。すると寺の境内からタテギを打つ、空也にとって聞き馴染みの音が響いてきた。

ふたりは富山寺の様子を確かめるべく普請中の屋敷の屋根に上った。

空也は東郷四方之助の薩摩剣法を朝の微光《びこう》に改めて眺めた。

東郷は配下の三人が逃げ出したにも拘わらず、無心に木刀を振るっていた。なかなかだれにもできることではない。この者、真剣勝負の場を幾たびも潜りぬけてきたことをこの無念無想の続け打ちが示していた。

タテギを打つ東郷の続け打ちは薩摩の東郷示現流とも薬丸新蔵から空也が学んだ野太刀流とも微妙に違って聞こえた。

間と力の入れ具合が明らかに違うと見た。

（ひょっとしたら薩摩藩の飛び地、琉球に伝わった薩摩剣法ではないか）

と空也は考えた。

東の空が白み始めると東郷四方之助の姿がさらによく見えるようになった。そして、六人の新手《あらて》が東郷の稽古を眺めていた。

「先手を取ったつもりで先手を取られたか」

と富士夫が洩らした。

「そうですね、お互い戦いを前に前哨戦といったところでしょうか」

と空也が呟いたとき、赤間関から小郡に連れてこられた六人のうちふたりの手に異国製と思える鉄砲があるのが見えた。

「厄介なものを持ってやがる」

と富士夫が言い、

「今晩にも忍び込んで鉄砲を盗んでこようか」

と空也を窺った。

「まずはこの場から立ち退きましょう」

ふたりは富山寺の前の屋敷から抜けて萩往還に出た。

「最前の鉄砲の一件ですが、富士夫どのの探索をうけて、まずは長門組との話し合いが先ですね」

「夕刻にしか長門組は集まれませんぞ、下士はこれで結構雑用があるのです」

「富士夫どのの務めは海方ですか」

「それがな、おれはちびで力もないから海方は向かぬと、山方の下働きだ。萩藩の領内買上げの櫨《はぜ》の実を百姓どもに上納させるのが勤めでな、独り働きさ。ということは下士のなかでも勝手気ままに動けるということだ」

と言った富士夫がにやりと笑って見せた。

「本日は休みですか」

「まあ、そうともいえるし、かように独り働きしているともいえる」

　と言い切った。

「ならば、ふたりして平櫛道場に行き、体を動かしませんか。相手方もあのように頑張っておられる。われらも稽古をせぬと、最前のように寝首《ねくび》を掻かれることになる」

「最前のおれの忍び込みは堪《こた》えているようですね」

　と質した。

「富士夫どの、武者修行に出て以来、今朝は何番めにか堪えましたぞ」

「ふっふふふ」

　と満足げに笑った富士夫が、

「平櫛道場の数多の門弟でいちばん弱いのがわしら長門組の頭分峰村正巳さんですぞ。その正巳さんよりおれの剣術はダメなんだがな。これまで平櫛道場に一度として入らせてもらえたことがなかった」

　と富士夫が最前とは異なり無念そうに言った。

「それがし、平櫛先生から道場で稽古をしてよいとの許しを得ています。とはいえ、約定の日に道場に参っておりませんから、それがしも道場に立ち入れないかもしれませんね」

と空也も首を傾げた。

富士夫との問答の間にも空也は大股の急ぎ足で城下町に向かっていた。富士夫は空也より一尺近く背丈が低かったが、小股ながら機敏な動きの忍び足で空也に従ってきた。

「宍野六之丞さんは、平櫛道場の高弟、十亀重右衛門様と蓮池智吉様のふたりを負かしたと聞きましたがほんとかね」

「それがしのようなどこの馬の骨とも知れぬ武者修行者を相手にしたおふたりは、おのれの道場ということもあって油断しておられた。過日の立ち合いではおふたりとも真の力を出しておられませぬ。勝ち負けというより、ただの稽古でした」

「ふーん、平櫛道場にかぎり、これまでさような話は聞いたことがなかったがな」

と富士夫が応じたとき、いつの間にか新堀川を渡り、城下町に入り、新陰柳生当流の平櫛道場の門前へと着いていた。

「あれ、ちびの富士夫と背高のっぽの六之丞さんがいっしょにきたぞ。なんぞあったか、富士夫」

と迎えたのは長門組の頭分、峰村正巳だった。むろん道場では長門組など公《おおやけ》にされていないので、隠れた「仲間同士」だった。

「正巳さん、それがしが富士夫さんの同行を願ったのだ。ふたりして道場で稽古ができようか」

「あの日以来、道場では六之丞さんのことで持ち切りですぞ。よう稽古に見えましたな、手ぐすね引いて高弟衆が待っておられる」

と正巳がいささか微妙な表情で言った。

「正巳さん、おれも平櫛道場に上がっていいか」

「ちび、稽古がしたいのか」

「いや、おれは見物だけでいい。それとも長門組の頭の指導を受けようか」

「私とちびの富士夫が稽古をする場所などない、門弟衆から邪魔だと道場から追い出されよう」

正巳が正直な考えを述べた。

空也は、上士の子息でありながら峰村正巳の驕《おご》らない態度が長門組にとって貴重であると考えていた。

「ならば高すっぽの付き添いで見物じゃ」

と三人が道場に入った。すると空也が最初に平櫛道場を訪れたとき、応対してくれた師範の遠山義一郎が、

「おう、ようよう来おったな、宍野どの」

と迎え、

「遠山師範、指導をお願いできますか」

と空也が願った。すると、

「そなたの技量は師匠の平櫛先生からとくと聞いた。それがし、師範などと呼ばれておるが、古参ゆえ頂戴した、かたちばかりの師範でな。そなた相手に指導などできるはずもない。そなたの相手は、どなたかと決まっておるわ」

と言った遠山が、

「正巳、背高のっぽを控室に連れていき、稽古着に替えさせよ」

と命じた。

控室に入った空也は、大小を正巳に預けて着替え、木刀だけを持って道場に向かった。

「正巳さん、それがしの相手とはどなたです、ご存じですか」

「平櫛道場の御大将平櫛兵衛助様ですよ。六之丞どの、そなたこそ何者です」

と何十回めだろう、正巳の口からこの問いが発せられた。

「一介の武者修行者です。正巳さんはすでにそのことを承知のはず」

「と思っていました。ですが、平櫛先生自ら立ち合われるとは信じられません」

「いずこの道場に立とうと、それがし、武者修行者に過ぎません。平櫛先生のご指導を願えるとは光栄の極みです」

と言った空也は木刀一本を手に道場に戻った。

それまで広い道場に隙間《すきま》なく詰めかけていた門弟衆が道場の左右の壁際に敷かれた畳に座して無言で空也の動きを見つめていた。

空也は平櫛兵衛助の前に座すと、

「平櫛先生、ご指導のほどお願いいたします」

と平伏した。

「畏《かしこ》まって候《そうろう》」

との平櫛の返答に空也は立ち上がり、道場の中央、直心影流の初心、仕太刀《しだち》の位置、正面神前に向かって左に身を移した。それを見た平櫛がゆったりとした動作で、上位者の打太刀《うちだち》の位置に歩みより、空也と向き合った。

空也は一礼して木刀を正眼に構えた。

兵衛助も木刀を相正眼に置いた。

このとき、平櫛兵衛助は四十三歳、剣術家として心身ともに盛《さか》りを迎えていた。初心の空也に対して、上位者の兵衛助は仕掛けた。仕太刀たる空也は仕掛けを受け止め、攻めに転じた。

平櫛兵衛助は空也に攻めるべき機会を与え続け、空也はそれを攻めに転じてみせた。

空也は、平櫛兵衛助が、すでに武者修行者の正体を知り、直心影流の打太刀の役目を勤めてみせていると思った。

直心影流では、上《かみ》の者、打太刀が初心の仕太刀に先導してまず仕掛け、守りから攻めに転ずる技を丹念に教え込んだ。

「後《ご》の先《せん》」、業と術を身に着けさせることが直心影流の主眼であった。

兵衛助は、空也の出自を知って、直心影流の打太刀を仕掛け、仕太刀の守りから攻めへの転換を確かめていた。

いずれ、初めて接するであろう新陰柳生当流の業と術で兵衛助は攻めてくることを空也は察していた。

微妙に間合いが変わった。

兵衛助は、本気の攻めに転じた。

もはや「後の先」の余裕は空也にもなかった。

直心影流の教えもこの四年余の修行も忘れて、ひたすら受けた。

道場に火花が散っていた。

生死を想起させる打ち合いを、道場に居る人々は身を乗り出して見ていた。

新陰柳生当流の奥義を超えて、兵衛助は攻め、空也は守り抜いた。

どれほどその打ち合いが続いたか、兵衛助が刀を引き、それを察した空也が卒然と倣《なら》い、その場に正座して頭を下げた。

「ご指導有難うございました」

と空也の声が道場に響き、兵衛助が会釈を返した。

道場を無言の間が支配していた。

両者の打ち合いを見た人のなかで、直心影流と新陰柳生当流の奥義が一刻の間、交わされたことを承知していたのはほんの数人と思えた。

「茶を差し上げたい、付き合《お》うてもらえるか」

と兵衛助が空也を招き、平櫛道場に隣接した母屋へと向かった。

ふたりの剣術家が道場から姿を消したとき、

ふうっ

という溜息が流れた。

高弟のひとり小田村壬生介《おだむらみぶのすけ》が師範の遠山義一郎に、

「世間は広うございますな。あのような若武者が武者修行に精を出しておりますか。何者でしょう。それがし、過日、あの者、蓮池智吉や十亀重右衛門相手に本気を出しておらぬと見ましたが、その程度のものではなかった。それがし、なんとも無知蒙昧《むちもうまい》にございました」

と洩らした。

「平櫛先生の剣術への情念をあれほど掻き立てた若武者は、真《まこと》に一介の武者修行者であろうか」

「師範、かようなことを口にしてよいのでしょうか。それがし、あの者が平櫛先生を相手にすら力を出しきっていないように思えました」

遠山が黙って頷いた。

両人はしばし黙り込んだ。

そのふたりの問答を聞いていたのは、御番頭にして平櫛の剣友の山縣欣也であった。

「御両人、あの若武者、数多の修羅場を潜り抜けて生き抜いてきたのではないか。最初から身を捨てているように思えた」

「山縣様、それがし、迂闊《うかつ》にも考えもしませんでした。あの者、真剣勝負の場を勝ち抜いてきたのですか」

と遠山師範が応じて、

「にも拘わらず、あの若武者には斃した相手の恨みつらみが感じられませぬ。いや、爽《さわ》やかな生き方すら感じられるのはそれがしだけですか、山縣様、遠山様」

と小田村壬生介がふたりの先輩に問うた。

しばし沈思していたふたりが、期せずして頷いた。

道場の片隅で、一ノ木富士夫が峰村正巳と顔を見合わせていた。

「正巳さん、おれらの知るあの若衆、何者か」

と無益と思える問いを発しながら、本未明、旅籠の暗闇で後悔の言葉を口にしていた若者と同一人物とはどうしても考えられないでいた。

「あの者と私がこの道場の玄関先で出会ってほんの数日しか経っていないなんて想像もできない」

と正巳が富士夫に応じながら、

（坂崎空也とは何者か）

と何十度めだろう、思案していた。

第四章　対決の刻《とき》

一

古《いにしえ》より杵築大社《きづきのおおやしろ》と呼ばれていた出雲大社《いずもおおやしろ》の祭神は大国主大神《おおくにぬしのおおかみ》である。

大社は宍道湖《しんじこ》の西の出雲郡にあった。

だが、武者修行者佐伯彦次郎と伴作主従にとって神社仏閣は、縁なき処《ところ》であった。

愛鷹千代丸を従えた一行は門前町の旅籠に泊まりながら、千代丸を大社の裏手の小高い丘から日本海を望んで放つのが、このところの日課となった。

千代丸はこの出雲の地が気に入ったようで呼子《よびこ》の合図がなければ、いつまでも風に乗って飛翔していた。

「若、金子が尽きたぞ」

と伴作が言った。

「どこぞで稼いだ金子が尽きたか」

「尽きたな」

この主従にとって珍しくもない問答だ。

「爺、この地はだれが治めておったな。城下はどこか」

「松江じゃろう。信濃国松本《しなののくにまつもと》から転じてきた親藩《しんぱん》の松平家が治めておられるわ。たしか石高は十八万六千石と宿の番頭に聞いた」

「道場はあるか」

「おお、あるわ。松平家に信濃から従ってきた不伝《ふでん》流の居合術と新当《しんとう》流が松江藩に継承されておるそうな。この二つの流儀を伝えんと松江城下に若林勘右衛門《わかばやしかんえもん》様が道場主で、なかなかの繁盛と聞いた」

「ふーむ」

と鼻で返事をした彦次郎が秋空を気持ちよさげに飛ぶ千代丸に眼をやった。

彦次郎は初代松江藩主の松平直政《なおまさ》が結城秀康《ゆうきひでやす》の三男にして徳川家康《いえやす》の孫であることを承知していた。かような大名家の家臣は気位《きぐらい》が高く、武士の本分はないがしろにされていることを承知していた。

「若、若林勘右衛門様じゃがのう。剣術はなかなかの技量じゃそうな。一指流管《いっしりゅうくだ》槍《やり》の名手としても評判じゃそうな。若林道場は五代目でな、藩とも結びつきが深《ふこ》うて、金子に困った貧乏道場ではない」

伴作爺が大社門前の旅籠の男衆に聞いた話を告げた。その土地土地で情報を得るのが伴作の任務のひとつと言えた。

奥羽《おうう》に旅している折り、彦次郎はこの流儀の名を聞いたことがあった。だが、それ以上のことは知らなかった。

「十両など大した金子ではないか」

「なかろう」

と伴作が言い切った。

「ならば、明日、それがしひとりで訪ねてみよう」

と彦次郎が言い、呼子を空に向かって吹いた。

すると悠然として大きな円弧を描いていた千代丸が方向を転じて一直線に伴作の差し出した左手に戻ってきた。

翌朝、佐伯彦次郎は天守が望める城下の一角に豪壮な長屋門《ながやもん》を構える若林道場に立って、朝稽古の音を聞いた。彦次郎は、木刀や竹刀の打ち合う音を聞いて、道場のおよその技量を知ることが出来た。

若林道場の門弟はそれなりの技量と察した彦次郎は、式台前に歩を進めて、

「ご免なされ」

と道場のなかへ呼びかけた。

幾たびめの声か、壮年の門弟が竹刀を手に出てきた。

「それがし、旅の武芸者佐伯彦次郎と申す。道場主若林勘右衛門どのの武名を聞き、一手ご指導を仰ぎたいとかく参った」

名乗りに門弟はしばし彦次郎を正視して、

「お手前、まさか道場破りではござるまいな」

と問うた。

落ち着いた声音は、この道場の力量と自信とを示していた。

「いや、それがし、諸国を漫遊し修行を為してきた者にござる。己の技量を確かめたくお訪ねしたまで」

「このご時世に武者修行と申されるか、感心なことよ。修行の月日を問うてよろ

しいか」

「寛政六年の春に旅立ちましたで五年になり申す。修行の地は主に東国にござった。巡った諸国を述べ申そうか」

「結構でござる、暫時お待ちを」

と壮年の門弟が下がった。

さあて、四半刻か半刻は待たされるか、と彦次郎は道場の庭に眼をやった。

百日紅《さるすべり》の花が風に散っていた。

直ぐに門弟は戻ってきた。

「師匠がお会いになる」

と応じた門弟が最前見せなかった訝《いぶか》しげな表情で、

「そなた、なんぞ格別な注文がござるかな」

「ござる」

「ほう、どのような注文か」

「それがしと若林どのの指導に際して、十両の金子をお互いに供したい」

「うむ、なんのための金子かのう」

「若林どのも十両をかけていただく。勝ちを得たほうが十両を得る」

門弟は彦次郎を凝視したまましばし沈黙した。そして、ゆっくりと口を開いた。

「おぬし、それでは、道場破りではないか」

「最前も申したな。おのれの技量を確かめたいだけでござるよ」

「それを道場破りというのだ」

ふたりの問答を道場のなかから聞いていた者の声がした。

「田久保《たくぼ》、上がってもらえ」

「師範、道場破りでございますぞ」

「おのれの技量を知りたいというておられる。師匠は了解なされた」

との陰の声に彦次郎が式台の傍らに木刀を預け、真新しい草履《ぞうり》を脱いで、木刀を手に若林道場に上がった。

道場では七、八十人ほどの門弟が稽古の手を休めて訪問者を見詰めた。式台前での問答を察した感じだった。

彦次郎は、広さ二百畳ほどありそうな重厚な造りの道場を見廻し、神棚に向かって、

「二礼四拍手一礼」

の拝礼をなした。

「ほう、旅の武芸者が出雲大社の拝礼を承知か」

と見所に立つ人物が彦次郎を見ていった。

「それがし、神社仏閣には縁なき衆生《しゅじょう》、されど出雲の地に立ちて一期《いちご》の縁ゆえ杵築大社の拝礼をなしたまで」

「信心は無縁か」

と応じた人物が、

「若林勘右衛門である。技量を知りたいそうな」

と名乗ると、彦次郎に応対した門弟が、

「師匠、十両をかけての立ち合いにございますぞ」

と言い添えた。

道場内がざわついた。

「静まれ」

と師範と思しき人物が命じた。

「そなたが十両、それがしが十両を出し合い、立ち合いをなすというか」

「いかにも、それがし、十両の持ち合わせがござる」

「なにゆえ十両を互いに供するな」

「一に立ち合いが勝負と変わり申す。二にそれがし、五年余の武者修行の費えをかくの如《ごと》き立ち合いにて得てござる」

と懐から袱紗《ふくさ》包みを出すと神棚につかつかと歩みより、袱紗を開いて十両を置いた。

若林勘右衛門は彦次郎の挙動を見ていたが、

「致し方ないか。田久保、十両の金子を奥からもらってこよ」

と命じた。そして、彦次郎に視線を戻すと、

「わが道場にもそなたのような道場破りが訪ねてきたことがある。最後の人間は七、八年前であった。その者、わが一族の菩提寺《ぼだいじ》に眠っておる」

彦次郎は若林の言葉を聞くと頷き、道場の真ん中へと六尺余の身を移した。

「師匠、道場ではまず門弟と立ち合うのが決まりにございます」

「師範、そなた、この御仁の技量を察したか」

「それがしでは太刀打ちできませぬか」

「門弟ひとりの死は無益にして無情」

と言い切った若林が道場の真ん中に立つ道場破りの形《なり》を見た。

五年余の武者修行の難儀をなした人物とは思えぬほど、髷《まげ》も結《ゆ》い揃え、衣服も

金子のかかった絹物だった。

「その身形《みなり》は金子がかかろうな。野宿などなしたことはないか」

「武者修行も人それぞれにござろう」

「そなた、出自はどちらか」

と若林が問うたとき、田久保が十両の金子を手に道場に戻ってきた。

「安芸広島藩佐伯彦次郎」

と応じる声に、

「なんと浅野家で麒麟児《きりんじ》、天才と謳われた御仁であったか」

と若林の口調が変わった。

「田久保、それがしの本身《ほんみ》を持て」

と一指流管槍にて立ち合うと宣告した。

道場内の門弟はもはや無言だった。

田久保が手にしていた十両を彦次郎が置いた袱紗包みの傍らに載せ、道場の壁にかかった本身を師匠に手渡した。

「うむ」

と応じて毎朝手にする馴染みの槍の鞘を外して、練革《ねりかわ》の筒を田久保に渡した。

一指流管槍の流祖は松本長門守定好《まつもとながとのかみさだよし》、一指と号した。奥州《おうしゅう》の人、奥羽の最上義《もがみよし》光《あき》に仕えたのを始め、慶長十年（一六〇五）に日下一旨流《くさかいっし》の槙野久兵衛《まきのきゅうべえ》に師事、四年後に奥秘《おうひ》に達したという。さらに沢庵和尚《たくあんおしょう》のもとへ通参して禅による槍の奥義に達し、一流を開いた。

これが一指流管槍である。

晩年、雲州松江藩松平直政に奉じた。

松江藩に一指流管槍が伝わる謂《いわ》れである。

だが、彦次郎はかようなことは全く知らなかった。

若林が槍の柄《え》に長さ三寸、輪の径二寸余の筒を通した得物を手にするのを見た彦次郎が、自分の木刀をその場に置き、腰の一剣村正《むらまさ》に左手をかけた。

かくて道場側が想像もしない真剣勝負になった。

「一統に申しておく。この立ち合い、互いが得心した尋常勝負ゆえ、それがしが敗北したところで、そなたら門弟が、師の仇《かたき》などと愚《おろ》かな所業をなすではない。若林勘右衛門の名を穢す行いに過ぎぬ」

と勘右衛門が朗々とした声で言い切った。そして、

「お待たせ申した」

と彦次郎に視線を移して、管槍を小脇に抱えてゆったりと彦次郎の前に位置した。

一間半余の間合いは、槍の間合いである。

彦次郎にとって管槍は初めての経験だ。

練革の筒を向う手に握り、利き手の尻手《しって》で柄を摑《つか》むと、穂先をぴたりと彦次郎の胸につけた。管に通して柄を突き引きしながら攻めるのは、槍術の技としては特異だ。

若林道場では、

「師匠の管槍は、鉄砲の弾じゃぞ」

と言われるほど、走りのよさ、当たりの鋭さで、

「早槍《くだやり》」

とも称された。

彦次郎は妖刀村正を抜くと、正眼に構えた。未知の術と初めての得物に接するとき、正眼が常法だ。

彦次郎は、若林の構えと両手の摑みを見て、咄嗟に右手に、若林の左手側に大きな円を描くように回り始めた。

（この者、管槍を知らぬな）

と考えた若林は、その場で彦次郎の動きに体の向きと管槍の穂先を合わせてじっくりと動かした。

管槍の技を使うのはただの一度、この者、時が経てば槍さばきを覚えるわ、と感じた。

彦次郎が若林を中心にゆったりと円を描き続けて、一周を描き切ろうとした。

若林の尻手に力が加わるのを見た。

次の瞬間、槍の柄が練革の管を滑って彦次郎の胸を突いた。

予測を超えた速さだが、彦次郎は体の位置を変えることなく穂先の動きを見定めてふた回りめの円運動へと踏み出していた。

穂先が引かれ、ふたたび突かれた。

体の移動だけで槍の穂先を躱《かわ》した。

両手の村正の刃の峰の位置が槍の穂先の突き出しと引きを見定めていた。

さらに若林勘右衛門の管槍が迅速になった。

固唾《かたず》をのむ門弟のなかには、師匠の早槍が、鉄砲玉が見えない者もいた。

彦次郎は、だれよりも練達《れんたつ》の剣術家の刃を見てきた人間と自負していた。その

者の眼にも、若林勘右衛門の管槍は迅速を極めた。だが、一瞬攻めと引きの間に、
「静止の瞬間」
があることを認めていた。
あとは間合いを詰める、その時を間違えないことだ。寸毫でも間違えれば、
「死」
が待ち受けていた。
次の突きがきた。
不動の構えの村正が胸前に突き出された穂先を軽く弾《はじ》いた。
高弟の何人かが、
(師匠の突きを弾いた者がいた)
と驚きを見せた直後、微妙に狂った引きに合わせて彦次郎が大胆に踏み込み、
村正の刃が若林勘右衛門の狂いを見逃すことなく首筋を深々と断ち割っていた。
道場の時が止まった。
相手の首筋に斬り込んだ村正を止めたまま、彦次郎と勘右衛門は見合った。
彦次郎が村正の刃を手元に引いた。
勘右衛門の体が揺らぎ、一瞬体を止めたかにみえたが、ゆっくりと道場の床に

のめり込むように崩れた。槍が床に落ちて練革の筒が柄から抜けて転がった。

彦次郎が勘右衛門に一礼し、血振りをすると村正を鞘に納めた。その代わりに床に置いていた木刀を摑み、ゆったりと見所に歩み寄ると、

「約定により頂戴いたす」

とだれとはなしに告げると二十両を袱紗に包み、懐に入れた。

何人かの門弟が木刀を手に立ち上がった。

が、無言裡《り》に師範たちが制止した。

彦次郎は、道場を出る前にくるりと戦いの場に向き直り、一礼して脱いだ履物《はきもの》を履いた。


夕暮れの刻限、彦次郎は出雲大社の門前町、杵築の旅籠に戻ってきた。

「若、松江城下の道場はどうであったな」

と伴作爺が尋ねた。

「初めての得物と立ち合ったわ」

「ふーん」

というのが爺の返事だった。

「今晩じゅうに旅籠の帳場で精算しておくがよかろう」

「門弟衆が師匠の仇を討ちにきおるか」

　彦次郎が勝負の模様とそのあとの門弟衆の反応を説明した。

「いや、師匠の命《めい》が守られるはずだ、この数日はな。だが、松江藩が当然知ることになる。となれば、若林道場としても動かざるをえまい」

「よし、夕餉の折りに宿代を支払っておこう。若、湯に入ってきなされ。着替えは持参するでな」

　と伴作爺が言った。

「千代丸は元気か」

「この地を離れて残念がるのは、千代丸かもしれん」

　という言葉を聞きながら、彦次郎は湯殿に向かった。


　翌未明、出雲大社近くの稲佐浜《いなさのはま》から一艘の漁師舟が出雲と石見《いわみ》の国境《くにざかい》を越えて温泉津《ゆのつ》に向けて出ていった。

　旅籠を夜半に出た佐伯彦次郎と伴作、それに千代丸の一行は、漁師に一日の稼ぎの十倍の銭を払い、舟を借り切りにしたのだ。

「おまえさん方、どこに行かれるだ」

と親子の漁師が奇妙な一行に質した。

「われらは長州の住人だがよ、摂津大坂の蔵屋敷《くらやしき》に御用で行ってな、御用が済んだで伊勢神宮を詣でて、帰り道に出雲大社に立ち寄り国に帰るところだ」

と伴作が口から出まかせを言った。

「おお、伊勢神宮と出雲大社ときては、おまえさん方、これから先、なんの難儀もなかろうな」

「おお、そうあるといいな」

と伴作が言い、

「漁師さんよ、若を寝かせていいだか」

「おお、温泉津までは長旅だ、綿入れかけて眠りなせえ」

佐伯彦次郎は千代丸を傍らにすでに熟睡しながらも体じゅうで山陰の海を感じていた。

二

住吉神社の別棟の蔵に長門組の面々が参集した。だが、頭分の峰村正巳だけが姿を見せていなかった。

とある夕刻のことだ。

「頭は、殿の近習ゆえ奉公の都合で集いに遅れておるか」

と一ノ木富士夫が一同《ご》に言い、

「かもしれぬな。この期に及んでうちの頭分が集いを忘れることはあるまい」

手裏剣が得意の村木平吉が応じた。すると、

「黙って頭を待っておるのは無駄だぞ」

と言い放った宝蔵院流槍術を得意とする日下次助が、

「おい、六之丞どの、わしに稽古をつけてくれぬか」

と空也に願い、

「そなたが何者かわれらに告げていないように、剣術の腕前も真《まこと》の片鱗すら見せておるまい。わしはそなたの名はどうでもよいがほんとの技量を知りたい」

と言い出した。

「おい、次助さんよ、そなたの宝蔵院流の技量で、六之丞さんのほんとの技量が引き出せるか」

「ちび、言うたな。六之丞さんがそうであるようにわしも最後の槍術を披露しておらぬ」

「なに、次助、そなたに秘伝の技があるか」

と三好海造が質した。

この七人のなかで武術の腕前が一、二を争うのはこのふたりと空也は見ていた。

「あるぞ、海造。わしが工夫した技だ」

「ほう、ならばまずわしの櫂造りの木刀と勝負せぬか」

「海造の木刀は力技だ。六之丞さんの技は違うぞ」

「どこがどう違うというか」

「海造、おぬし、修羅場を潜ったことがあるか。生死をかけた勝負の経験はあるか」

「ない。次助さんもあるめえ」

「ゆえに最後の技で宍野六之丞の技量を引き出してみたいのだ」

と次助が空也を見た。

しばし沈思した空也が頷き、

「正巳さんは直ぐには来られる気配はありませんね」

木刀を手に神輿蔵の板張りの床に立った。すると次助が長年使い込んだ真槍《しんそう》を小脇に抱え、

「一度くらい六之丞どのの体を槍の先で触れたいものよ」

と呟いた。

「次助さん、おそらくふだん通りの槍さばきならば、それがしを槍で突くくらい容易いですよ」

と笑みの顔で受けた。

富士夫ら六人が神輿蔵の隅に下がり、稽古の場が広がった。

空也は木刀を中段にとり、次助は真槍を構えた。

両者の間には、一間半の間合いがあった。

「次助さん」

「おお、六之丞どの」

と互いの名を呼び合い、真槍を構えた次助が先手を取って踏み込むと渾身《こんしん》の突きを見せた。このところ日下次助は暇さえあれば宍野六之丞と対峙《たいじ》する間合いから一撃めをどう繰り出すか、稽古をしてきた。

そんな渾身の突きだった。それは中段に構えた空也の木刀を突き折るように繰

り出された。ただし一撃で仕留めることは夢想もしていなかった。空也の構えた木刀を突き刺す覚悟で真槍を突き出した。

(当たった)

と次助は思った。だが、木刀を構えた六之丞は、そよりとも動かず、次助の真槍の穂先との間合いを見詰めるだけで空を切らされた。

(どういうことか)

次助は真槍を手繰《たぐ》り、さらに二撃めを微動もせずに構えた木刀目がけて繰り出した。またも外された。

六之丞の木刀はぴたりと静止しているのだ。

「どうした、次助。そなたの秘伝の技は」

と富士夫が声をかけた。

次助は、最後の技を使う決意をした。

二年も前の秋の時節だった。

独り河原に出て、群れ飛ぶトンボを見ているうちに槍の穂先で仕留めてみたいと思い、創意工夫をなした稽古をしてきた。宝蔵院流の稽古法にもない技と動きだった。

トンボの動きは自在だ。横手に飛ぶと見せかけて虚空《こくう》に気配もなく舞い上がり、ときに気配も見せず下方に降下した。

次助はその複雑な動きを頭に思い描いて群れ飛ぶトンボの一匹に狙いを定めて、突きを繰り返して猛稽古をしてきた。なんとか狙った相手のトンボの羽に掠《かす》るほどになっていた。

この動きは宝蔵院流の師匠にも先輩にも見せたことがなかった。

次助は、

「虚空とんぼ突き」

と自ら名付けた次助工夫の突きを六之丞相手に初めて繰り出す決意をした。いま一つ工夫があった。

「しばし待たれよ、六之丞さん」

と神輿蔵の稽古の折りに使うたんぽ槍を携えてくると、真槍とたんぽ槍二本を左右の小脇にそれぞれ抱え込んだ。

「おい、手妻《てづま》でも使う気か」

と富士夫が叫んだ。

「黙っておれ、ちび」

次助は仲間に叫ぶと、右小脇の真槍と左小脇のたんぽ槍をそれぞれ六之丞の頭と足元を狙って構えた。この二本槍戦法でトンボを仕留めたのだ。

仲間たち六人は次助の工夫が理解つかなかった。

空也は中段の構えを崩さなかった。

たんぽ槍の穂先がゆっくりと前後に動かされた。そして、次助の眼はトンボの軽やかにして変幻自在の動きを空也の木刀の動きと重ねていた。

右の小脇の真槍が突き出された。

空也は木刀を動かすことなく穂先を避けた。

続いて左のたんぽ槍が小脇を滑って空也の木刀を弾こうとした。と同時に右の真槍が手繰られて、しゅしゅっ、と柄が素早く前後して、突き出された。

秋の夕まぐれ、群れ飛ぶトンボの一匹を捉える必殺技だった。

だが、対戦者の不動の木刀を捉えることはなかった。ただ神輿蔵の虚空を突かされていた。

(なぜだ)

と次助が己の工夫した「虚空とんぼ突き」が功を奏さないことに苛立《いらだ》ちが生ずる気持ちを必死で鎮めたとき、不動の構えが動いた。いや、六之丞自身が大きく動いた。

（よし、動け）

と次助が新たな「虚空とんぼ突き」を繰り出そうとした瞬間、六之丞の木刀が上段に上げられ、相手の体が見えた。

「おおー」

と次助は左右から突いた。迅速なたんぽ槍と真槍の巧妙な動きに構わず、二本の穂先は、そよりとわずか横手に外された。

突く、躱される。突く突く、躱される、突く突く突く、躱される……。

両人の攻守のせめぎあいがしばし繰り返され、次の瞬間、六之丞の体が虚空へと飛んで、上段高く構えられた木刀が雪崩《なだ》れるように次助に落ちてきた。

わあっ
と思わず叫んだ次助がたんぽ槍と真槍の二本を両の小脇に構えたまま、床にへたりこんでいた。

次の刹那、空也の木刀は、次助の頭の一尺上を音もなく叩いて止められた。

次助は、がつん、と木刀で頭を叩かれたようで気を失った。

時が止まり、空間を闇が支配していた。

遠くから次助の名を呼ぶ声がした。

顔に水が掛けられたか、次助は、うう－ん、と唸って意識を取り戻した。

「次助、大丈夫か」

ちびの富士夫が木桶《きおけ》を手に次助を覗き込んでいた。

「ちびか、わしは死んだか」

「次助が死んだというか。ならば、おれもいっしょに三途《さんず》の川を渡ったことなるな。おれはこの世に未練があるで、次助ひとり、あの世とやらに旅立て」

次助の巨軀《きょく》を仲間たちが囲んでいた。

六之丞の姿も、長門組の頭分峰村正巳の不安げな顔もあった。

「なにが起こった」

「次助、おまえが六之丞さんによ、本気を出して立ち合えと迫り、おまえが奇妙奇天烈《きてれつ》な二本槍の技を披露したのはいい。だがよ、六之丞さんの木刀の打ち込みに、頭の一尺以上も上の空《くう》を叩かれたにも拘わらずだ、次助、おまえは勝手に気を失ってこの様《ざま》だ。あの技が秘伝の槍術か」

と富士夫が一気に言い放ち、質した。

「なに、わしの創意工夫の『虚空とんぼ突き』が宍野六之丞には通じなかったか」

「通じないもなにも、次助、おまえの独り相撲《ずもう》よ、呆れたぞ」

ちびの富士夫の説明に次助がその場に寝たまま両眼を瞑って、

「わしの工夫の槍術利かずや、わしは宝蔵院流の槍術を捨てるぞ」

と洩らし、意気消沈した。

「次助、長門組から抜けるか」

と富士夫が聞いた。

「もはやわしにはなんの取り柄もないでな」

一座を重い沈黙が支配した。

正巳が空也を見た。

「長門組はたった八人ですぞ。次助に抜けられては困る。殿にも当役方にもなんと申し開きをなす」

「正巳さん、それがしが調子にのり過ぎたのだ、相すまぬことをした」

空也が正巳に詫びた。

「われら縁《や》あって長門組を再結成し、藩政改革の一助にしていこうと考えたのだ。それを途中で止められるものか」

正巳はいつもとは違った、険しい口調に変わり、さらに続けた。

「今宵、私が遅くなったのは、殿の斉房様のもと、当役方のお歴々、それに新陰柳生当流の平櫛兵衛助先生らが集まる極秘の集いが萩藩の別邸であったからだ。殿より長門組もしっかりと頼むぞと願われたばかりだ」

「そうでしたか」

と空也は思わぬ展開に、どうしたものかと迷った。

その迷いを正巳が察したように、

「よい機会かもしれん」

と言い出した。

「頭、なにがいい機会だ」

と富士夫が応じた。

「日下次助、起きよ」

正巳が険しい口調で命じた。

のろのろと次助が正巳の言葉に従い、床の上に起き上がった。

「次助、世間には厳しい修行をした剣術家がおられるわ。この坂崎空也どのもそのひとりだ」

と正巳が言い出し、視線を空也に向けた。

「宍野六之丞の偽名を萩滞在の最後まで守るつもりであったが、もはやその約定は守れなくなった。すでに毛利斉房様、殿も、そして、限られた当役派の重臣も承知しておられる。坂崎空也どの、私ども長門組の七人にそなたの身分を伝えてよろしいですね」

と厳しい口調のまま乞うた。

空也はもはや致し方なきことと思い、首肯した。

「日下次助、とくと聞け。われらの前におられるお方は、江戸は神保小路にある直心影流尚武館坂崎道場の嫡子《ちゃくし》、坂崎空也どのだ」

「頭、なんだ、その道場は」

初めて聞いたようで、一ノ木富士夫が質した。

「ちび、知らんのか。空也どのの父上は、かつて西の丸の徳川家基《いえもと》様の剣術指南をなされ、老中田沼意次《たぬまおきつぐ》・意知《おきとも》父子《おやこ》と厳しい戦いを繰り広げて勝ちを得られた当代一の剣術家といってよいお方だぞ。尚武館道場は、将軍家斉様の官営道場と呼んでいい道場だそうだ。わが殿は、神保小路の尚武館を承知じゃそうな。その嫡子が私どもの眼の前におる空也どのだ」

驚いたことに正巳は、どこでどう調べたか父親のことまで承知していた。

「公儀の官営道場だと。その嫡子がどうして萩城下の木賃宿に泊まっておるのだ」

富士夫が問うた。

「空也どのが父御のもとをなぜ離れられたか、その曰くは正直知らん。十六の歳で武者修行を始めるということがどのようなことか、ちび、次助、いや、みなも察しがつくか」

正巳が富士夫の疑いに反論した。

「なんとわれらの同志の坂崎空也はさような人物か。わしが創意工夫した『虚空とんぼ突き』の技など児戯《じぎ》に等しいか。通じぬわけだ」

どこかさばさばした口調で日下次助が空也を見た。

空也が口を開くまで長い間があった。

「ご一統、それがし、姑息《こそく》にも偽名を使い、ご一統を騙すことになった、真に相すまぬことでした。それがし、正巳さんの説明されたように坂崎空也と申します」

と前置きした空也は、十六歳で武者修行に出た折り、最も願望していた薩摩入りを果たした経緯をまず手短に告げた。

「おい、空也さん、長州でも薩摩国のことはよく噂されておる。いや、他国者《よそもの》に決して国境を越えさせぬということで知られている。国境には薩摩藩士も知らぬ残酷無比な面々が待ち構えていると聞くぞ。そなた、さような薩摩の国境を真に越えたというか」

「次助どの、いかにも国境には外城衆徒《とじょうしゅうと》と呼ばれる一統がおりまして、幾たびも生死をかけて戦うことを繰り返しました。最後には、それがし、精霊オクロソン・オクルソン様が支配する、川内川《せんだいがわ》の水源近くの秘境で対決しました。その折り、それがし、高い石卒塔婆《せきそとば》の上から滝壺に落ちて、生死の境を彷徨いました。滝への落下から何日が過ぎたのか、薩摩藩所領内菱刈郡の外城『麓館《ふもとやかた》』の主《あるじ》どのに川内川の葭原《あしはら》に浮かんでいるところを見つけられたそうな」

「なんということが」

正巳が思わず言葉を発した。だが、長門組の面々は、富士夫も次助もだれもどう考えてよいか分からぬようで黙り込んでいた。

「薩摩藩八代目の島津重豪《しまづしげひで》様の御側御用《おそばごよう》を務められた渋谷重兼《しげかね》様一族に助けられて、外城で瀕死のそれがしは介護をうけてなんとか蘇《よみがえ》りました。渋谷様のお助けがなくば、それがし、薩摩の国境を越えたところで身罷っていたでしょう。後に知ったことですが、江戸ではそれがしの弔いの仕度をなしたそうな」

「驚いたぞ、魂消たぞ。薩摩の国境を越えるだけで空也さんは命を失うような目に遭《あ》ったか」

「富士夫さん、武者修行というのは、かようなものです。それがしのこの四年、わが一族が弔いを催そうとしたのは薩摩の国境越えの他に一度ございます。刀傷は数知れずです。次助さん、それがしの四年の武者修行話をすべて知りたいですか。自分でこうして話していて、なんとも愚かな行いかとも考えます。それでも、やはり、剣の道を会得《えとく》したいのです。わが父はわが父です。それがしは父とは違った剣術修行をしてみたかったのです。この考えも他人から見れば愚かなことでしょう」

「ふうっ」

と息を吐いた正巳が、

「私は、ご一統が承知のように剣術は全くダメな人間です。そんな私ですが、坂崎空也さんの四年は貴重な歳月と思います。私の望みは、坂崎空也さんが生きて江戸のお身内のもとへと戻られることです」

「おお、そのとおりだ」

と三好海造が言い、

「われらには空也さんの真似はできん」

と村木平吉が言い切った。

「空也さん、そなたの力を萩藩の改革に貸してほしい。私は、剣術の技量は足りぬが、空也さんの話を聞いて命を張って藩政改革に努める覚悟ができました」

と正巳も言い切った。

「おお、頭の考えは、わしらといっしょじゃ。頼む、空也さん、われらに助勢してくれ」

と富士夫も願い、一同が頷いた。

「むろん、その気です」

と空也が返事をすると、

「よし、空也さんの返事を改めて聞いて勇気が湧《わ》いてきた。本日、私は殿の供《とも》で藩別邸にて当役派の面々、平櫛道場の兵衛助先生らとお会いした話を為す。萩藩藩主毛利斉房様がはっきりと、分家でもある国家老毛利佐久兵衛一派の行動、藩主と藩の考えとは異なることを明言されたのです。戦うことを決意されたのです。

そして、明後日の五つ（午前八時）、城内の大太鼓で全藩士の急ぎ登城が告げられることが決まりました」

「おおっ」

と一同が喜声を発し、

「正巳さん、ただ今の段階では当職派に与《くみ》する家臣が当役派より多くはないか」

と富士夫が問うた。

「別邸の場で、主だった家臣がどちらの派か、当役派の目付《めつけ》方から殿に示されました。それによれば、およそ四割の上士と中士が当職派、二割が当役派と判明しました」

「なに、当役派は当職派の半分しかおらぬか。おれの周りは違うぞ、頭」

「そこです、目付衆の調べは、上士・中士を選んでのことだ。ちび、そなたら下士は勘定に入っておらん。残りの四割の上士・中士はどちらの派とも、明確にしていない未定派だ。ゆえに全家臣が登城する明後日の決定が大事なのだ」

と正巳が告げた。

かような問答には空也は加わらなかった。空也が武者修行で関わった大名諸家には必ず大なり小なりの内紛があった。その都度《つど》、空也は己に問うた。

（それがしが関わるべきはどこまでか）

をだ。

長州萩藩とは、長崎会所の関わりで縁があったのだ。

当職派は長崎会所の交易船を二度にわたり、海賊船で襲い、交易の品を強奪し、交易船の水夫《かこ》らを殺害していた。また上方《かみがた》で盗品を売り捌いたのが萩藩当職派の仕業ならば、空也は当職派をつぶしたのち、藩主の毛利斉房が長崎会所とこのことについて話し合う切っ掛けを造る手伝いをすべきと考えていたのだ。その行動が萩藩の内紛の一派、当職派に敵対するのは、偶々《たまたま》当役派と利害が一致しただけのことだ、と思っていた。

「峰村正巳さん、別邸の話し合いでわれら長門組の役割はなにか決まったか」

と今村太郎次が聞いた。

「まず斉房様を盟主に戴《いただ》く当役派は、二派のどちらにも与せぬ未定派を説得することに全力を挙げることになった。さて、われら長門組じゃが、富山寺を住処にした当職派の用心棒、東郷四方之助ら一派の動きを見張り、この者たちが動くようならば、阻止する役目を斉房様から直に承《うけたまわ》った」

と正巳が空也を見た。

「総大将、承った」

「おお、長門組総大将とは峰村正巳かな」

「いかにもさようでござる」

と空也が応じ、

「総大将と呼ばれるほうが威厳《いげん》はあるな」

とにやにや笑った富士夫が正巳を見た。

三

翌日昼前、正巳とちびの富士夫が富山寺の前の普請が中断されている屋敷の持主と話をつけてきた。その日のうちに長門組全員が職人のなりをして大八車《だいはちぐるま》に各々《おのおの》の衣服や綿入れや食料や大小、槍など得物を積み、頰被《ほおかむ》りしたり破《や》れ笠《がさ》を被ったりして顔を隠し、普請場に入り込み、塒《ねぐら》を整えた。

その昼下がりからふたりずつ組になって屋根に上がり、道と水路を挟んだ寺の境内と本堂を見張った。

当職派、国家老の毛利佐久兵衛の用心棒らの頭領格として剣術家東郷四方之助が指揮する一派十数人は、なかなか迫力のある戦意を見せていた。

夕暮れ前、表向き当役派、実は当職派の赤間関代官小郡正左衛門と当職派の金主《きんしゅ》と思える御用商人浜中屋七左衛門が二挺の駕籠で富山寺を訪ねてきて、東郷四方之助と半刻ほど内談した。

日が落ちて東郷四方之助は、浜中屋七左衛門とともに駕籠で寺をあとにした。その代わり、小郡正左衛門が寺に残った。

寺に待機する面々は、小郡を省いて十五人と思えた。

酒を飲みながら夕餉を食する一同から急に緊迫感が消えていた。

「おい、空也さんよ、あいつら、急にだらけたのと違うか」

「頭領の東郷四方之助が寺を留守にしましたからね。だれもが東郷の力と残酷さに恐怖を抱いているのでしょう、でも油断はできません」

と屋根で見張る空也に富士夫が話しかけ、空也が答えていた。

「東郷を勝負の前夜から連れ出すほど、当職派も東郷の力を頼りにしているのだな」

富士夫の問いに空也は頷いた。

「あいつさ、今晩、戻ってくると思うか」

「東郷は明日の大事を前に城下に、ひょっとしたら御用商人の屋敷に泊まって当職派の重臣らと打ち合わせをするのではありませんか」

「先手を取るのは当役派か、当職派か、どちらであろう」

　富士夫が城下の動きを気にかけた。

　正巳から当役派がまず浜中屋七左衛門方を襲い、藩政の不正に関わった罪にて捕らえる企てがあると、ふたりは聞いていた。ところが御用商人の浜中屋は富山寺から東郷四方之助を連れ戻っていた。東郷が浜中屋で今晩過ごすとしたら、平櫛兵衛助が当役派の役人に加わっていたとしても、そう容易く事は運ぶまいと、空也は密かに危惧《きぐ》していた。

　一方、寺の本堂では酒がだいぶ回ったとみえて、大声で話す声が風に乗って屋根のふたりのところまで響いてきた。だが、酔っ払いの話す内容までは理解つかなかった。

「この様子では、東郷なにがしは今晩戻ってこんな」

　とちびが言い、

「どうだ、今晩、あやつらの寝込みを襲い、あやつらを捕《つか》まえるというのは」

「ほう、一ノ木富士夫どのも考えましたね。でも、相談する相手が違います、総

いった。
「よし、おれが話をつけてくる」
　と富士夫が長門組の七人が待機する普請中の屋敷へと屋根をするすると下りて
大将の正巳さんです」

　屋根の上で独りになった空也は、改めて寺の本堂を遠目に眺めた。

　隠れ当職派の小郡正左衛門が東郷の代わりに寺に残っているにも拘わらず、小郡では代役が務まらないようだった。

　普請場の屋根にみしみし音をさせて総大将の峰村正巳が上がってきた。

「ちびが、あの者たちが酒に酔って寝込んだ折りを襲って身動きつかぬようにしろ、というのだが、空也さんはどう思うな」

「なんとも言えませんね」

「あの者たちはわれらの行動を承知であろうか」

「そこですね。もし承知ならば、酔っぱらったふりをして、われらの襲撃を待ち受けていることになる」

「相手はうちの倍ちかくの数がおるな。空也さんひとりが頼りのわれら長門組は苦しいな」

「とはいえ、この機会を逃したくはないですね。あの者たちが城下に出かける前に一か八か、襲撃するかどうかを決められるのは総大将おひとりです」

「当職派にとっても、修羅場を潜ってきた富山寺の用心棒どもは頼りになる戦力だろう。この面々が明日の当職派に加わることをなんとか阻止したいな」

と正巳が言い切った。

「夜半まであちらの様子を窺い、急襲するかどうか決めますか」

空也の念押しの問いをしばし沈思した正巳が大きく頷き、

「空也さん、われらに力を貸してくれ」

と改めて願った。

「承知しました。相手が待ち受けていることを想定して小弓の野坂吉之助さんと今村太郎次さん、それに手裏剣の村木平吉さんと浜谷健一さん方はそれぞれ組になって先鋒《せんぽう》を務め、船櫂の三好海造さんと宝蔵院流の槍の日下次助さんは、それがしといっしょに先鋒の急襲のあとをうけて飛び込んでいきます。不意打ちならばなんとかなりそうです。それでよいですか、総大将」

と空也が長門組の総大将に質した。

「私とちびはどうします」

「ふたりには大事な役目があります。用心棒どもが寝込んでいるならば、富士夫さんが気配を感じさせないように忍び込み、やつらの得物を取り上げる役目です。むろん、先鋒やわれら中堅《ちゅうけん》が動く前にです。その手伝いができますか、総大将」

「おお、なんでもなしますぞ。それにしてもちびの手伝いとはな」

「ちびの富士夫さんは忍びの術を隠しもっております。この長門組の面々、なかなか特異な芸を持っておられますぞ」

「そうか、芸なしは私だけか」

正巳が言いながらも引き受けた。そして、

「よし、下の連中と話してこよう」

と下りていき、空也だけがまた独り屋根の上に残った。

いつしか寺の酒宴は終わったようで、本堂のなかでごろりごろりと眠り込む者が出てきた。

（これが芝居であろうか、となると長門組のなかにも怪我人が出るな）

と空也は案じた。

不意に寺の灯りが消えた。

空也は夜半まで待って屋根を下りた。

すでに戦仕度《いくさじたく》の長門組の八人が緊張の顔で空也を見た。

総大将の正巳とちびの富士夫は提灯《ちょうちん》と火縄《ひなわ》を手にして、縄を腰に巻いていた。

空也は腰に修理亮盛光を手挟《たばさ》み、手には愛用の木刀を握って仲間を見返した。

総大将の正巳が、

「萩藩が金子で雇われた用心棒侍どもに乗っ取られるようなことがあってはならぬ。毛利斉房様の御為《おんため》にもわれら命をかけて用心棒どもを叩きのめす」

と宣言し、

「おお」

と一同が小声で答えて出陣した。

本堂の前までひたひたと進んだ長門組からまずちびの富士夫が抜け、暗がりを利して、高いびきの面々の刀をかき集め始めた。それを総大将の正巳が本堂の外で受け取った。

頭領の東郷四方之助を城下に残した敵方の動きは失敗だったかと、空也は思った。

「よし、次なる作戦に移るぞ」

小弓組と手裏剣組の四人が本堂の然《しか》るべき場所に移動して控えた。

ふたたび富士夫と総大将の正巳の出番だ。用意していた提灯に灯りを点《とも》して、本堂へと踏み込んだ。

本堂の仏壇の前でごろごろと鮪《まぐろ》のように用心棒侍らが眠り込んでいたが、灯りに眼を覚ます風はない。辺りには貧乏徳利や空の樽《たる》や茶碗などが乱雑を極めてちらかっていた。

不意に富士夫が竹笛を咥えて、

ピーピピピー

と吹き鳴らした。

「なんだなんだ、なにが起こった」

「まさか東郷どのが戻ってこられたのではないか」

と言い合い、辺りを見て、

「なんだ、この餓鬼《がき》どもは」

「おお、餓鬼で悪かったな」

と竹笛を咥えた富士夫が言い放った。

「くそっ」

用心棒剣術家が己の刀や得物を慌てて探った。

小弓の弦音《つるおと》がして短矢《たんし》が一味の足や手に突き立ち、さらに手裏剣が加わった。

「許さぬ」

用心棒どもの数人が己の刀や長刀を探し当て、立ち上がった。

「ちび、ちゃんと仕事をしてないではないか」

と船櫂を構えた三好海造が叫んだ。

「暗がりで得物をひとつ残らず拾うなんて総大将とふたりでできるものか。海造、そなたの仕事を残していたと思え」

とちびが叫び返し、

「よかろう」

と宝蔵院流のたんぽ槍を構えた日下次助と海造が抜き身を構えた五、六人の前に踏み込んでいった。

打ち合い、突き合いが始まった。

そこへ宿坊からおっとり刀の小郡正左衛門が飛び込んできた。

「峰村正巳、なんの真似か」

「小郡様か、そなた、当役派と称しておられたが、その実、国家老一味の当職派だそうな。殿もわれらも、そなたの行状《ぎょうじょう》を承知です。もはや萩藩家臣は務められますまいな」

と叫び返した。

「おのれ、出来損ないが、斬り殺してくれん」

刀を構える小郡に木刀を手にした空也が近寄って右蜻蛉に構え、

「峰村正巳様は、長門組の総大将でしてな、裏切り者の相手などなさらぬ」

「おのれか、どこの馬の骨とも知れん武者修行者は。新陰柳生当流の腕前を見よ」

と言いながら斬りかかってきた。

空也は右蜻蛉に構えた木刀にて、その瞬間を待った。

小郡の突きが空也を襲った。

同時に地軸まで打ち込む気魄《きはく》の打ちが小郡の左首筋に決まり、その場に押し潰した。

一瞬の勝負だ。

振り返った空也が五人を相手の次助と海造の健闘を見た。

「次助さん、海造さん、それがしが手を出すこともないな」

と長閑《のどか》な空也の声がして、ふたりが勢いづいた。

「よし、空也どのの助勢は要らぬ」

たんぽ槍を手にした次助が正面の巨漢の胸を突いた。そこへ吉之助と太郎次の矢が、さらには平吉と健一の手裏剣が加わって一気に五人の形勢が悪くなった。

海造の古櫂を削った船櫂と称する木刀がふたりを次々に叩きのめし、さらに次助のたんぽ槍が決まって、呆気《あっけ》なく勝負はついた。

「おい、物足りないな」

とちびの富士夫が言った。

「おれたちの力も捨てたものではないぞ、どうだ、総大将」

「富士夫、われらふたりは、さしたることはしておらんぞ。ともかく坂崎空也さんがおるとおらぬでは、えらい違いかな」

正巳が空也を見た。

「この者たち、どうしたものでしょうか。十五、六人も城下に連れていったところで、あちらでも困りましょう。なにしろ明日は当役派と当職派の決戦のときですからね」

いまや当職派の用心棒剣術家らは、空の仏壇の前で茫然自失してへたり込んでいた。

「おれな、未だ人を殺《あや》めたことがない。こやつの刀があるで、叩き斬らせてくれぬか」

とちびが言い出し、

「富士夫、調子に乗るではない。かようなことをお決めになるのは総大将である」

と日下次助が言った。

「うーむ、私も初めての戦で、どうしてよいか分からぬ」

勝ちを知った正巳が空也の顔を見た。

「萩藩家臣の小郡正左衛門どのは別にして残りの者たちの髷を切り落とせばよいでしょう。明日の決戦にこの者たちが加わらなければよいのです。どうですね、総大将」

「おお、それはよい考えじゃぞ。ならば気を失っている者は後にしてこの場に座して一列に並びなされ」

正巳が用心棒らに命じた。

「武士が髷を切られるなど、これ以上の屈辱があるか。田辺信左衛門《たなべしんざえもん》、許さぬ」

未《いま》だ事態が飲み込めない様子の髭面《ひげづら》のひとりが叫んだ。

「ならば、田辺どの、そなたの首をわが長門組客分がばっさりと落としますかな、どちらでも選びなされ」

と正巳が総大将の貫禄《かんろく》で質した。

「く、くそっ」

「髷はそのうち伸びましょう。首を落とされては、その先生きてはいけませんぞ」

「総大将の申されるとおり、髷を落として萩藩城下から出ていかれませんか。それとも髷を切られたあと、東郷四方之助どののもとへ駆けつけますかな」

正巳の言葉を空也が補《おぎな》った。

「東郷どのは、いかんぞ。われら、なぶり殺しになろうぞ。髷を落とされて萩藩を出ようではないか」

もうひとりが言い出し、事が決した。

ちびの富士夫と総大将の正巳が小刀を手に次から次へと髷を切り離し、最後には空也が首筋への一撃で気を失わせた小郡の髷まで切った。

「さて、好きなところへ参りなされ。そなたらがいる場所は萩藩にはござらぬでな」

と正巳が言った。

腰の大小もなく髷を切られた一団がすごすごと富山寺から姿を消した。

残ったのは小郡だけだ。

「まずは長門組初陣《ういじん》を飾られたな、祝着至極《しゅうじゃくしごく》にござる」

と空也が一同に声をかけた。

「これまでの来し方で、おれ、喧嘩《けんか》に勝ったのは初めてだぞ」

と富士夫が正直に言い放った。

「ちび、喧嘩ではない、前哨戦とはいえ戦に勝ったのだ」

と次助が訂正した。

「おお、われら、萩藩下士の長門組を見よ、だ。明日の本戦に景気をつけたであろうな、空也さん」

とちびが質した。

「城下でも両派が仕掛け合っておりましょう。われらもこの寺を捨て、城下に戻りませんか、どうですね、総大将」

「よかろう、関ヶ原の戦いはもはや本日である。われら、住吉神社の神輿蔵に戻ろうか」

「いえ、住吉神社より平櫛道場のほうが城に近《ちこ》うございましょう」

「そうであるな」

と応じた正巳が小郡の気を失った姿に視線をやった。

「手加減しましたゆえ骨が何本か折れた程度、そのうち正気に戻られましょう」

との空也の言葉に一同は、小郡ひとりを残して富山寺をあとにした。


一方、城下でも動きはあった。

大御番頭山縣欣也に指揮された平櫛道場の師範遠山義一郎や高弟の小田村壬生介ら当役派の町奉行、目付方が深夜、城下の御用商人浜中屋七左衛門方を襲った。

まず当職派の金主を捕らえるというのが当役派の企てであった。

七左衛門が富山寺から戻って半刻後のことだった。

「町奉行、目付方の合同探索である」

と表戸を叩き大鎚《おおつち》で潜《くぐ》り戸を叩き壊して、捕物《とりもの》仕度の藩士が飛び込んできた。

そのなかには当然平櫛道場の猛者《もさ》たちも加わっていた。

浜中屋七左衛門とその用心棒たちも喧嘩仕度で店の土間に姿を見せた、すると萩藩の目付方に町奉行職丹南忠道《たんなんただみち》が同道するのを見た七左衛門が、

「丹南様、なんの真似にございますな」

と昵懇の町奉行職の姿に安堵《あんど》して問うた。すると丹南町奉行はしばし浜中屋の顔を睨んでいたが、

「そなた、異国の交易品の数々を京にて売り捌いた事実があろう。かの異国の品々、そのほう、どこで手に入れたな」

と七左衛門が予想もかけなかった問いを発した。

「お奉行様、その品々は国家老毛利佐久兵衛様の腹心、菊地成宗様が長崎にて入手なされた交易品でございます、それは丹南様もご存じ」

と言いかけたとき、

「黙れだまれ、菊地成宗はいずこにおるや」

「そ、それは」

と七左衛門は言葉に詰まった。町奉行の丹南には日ごろからそれなりの処遇をしてきた。それが突然、当役派に豹変《ひょうへん》していたのだ。

「われらの探索では、長崎会所と長崎奉行所合同の警護船団の砲撃によって、そのほうが関わる海賊船フロイス号は沈没し、菊地もその折り、短筒で撃たれて身罷ったことがわかった。長崎奉行所より当藩に通告も届いておる。これ以上の調

べは、町奉行所、目付方合同で明日以後に催す、さよう心得よ」

との丹南の宣告に七左衛門は愕然《がくぜん》とした。

これらの事実は空也が正巳に話し、正巳がその情報を町奉行と目付方に知らせたものだ。この情報は長崎会所と長崎奉行所から届いた通告と一致していた。

浜中屋の主はちらりと用心棒たちに視線をやったが、

「浜中屋、われら、萩藩に抗うことはできぬ」

と拒まれた。

「だれぞおらぬか、国家老毛利佐久兵衛様のもとへ使いを走らせよ」

と七左衛門が最後の抵抗を試みた。

「浜中屋、そのほう以外、この店と住まいから一人《いちにん》たりとも出てはならぬ。抗う者はどのような者であれ捕縛《ほばく》いたす」

と町奉行丹南が告げ、

「ちなみに今晩の探索、九代目萩藩藩主毛利斉房様のご指示によるものである。浜中屋、そのほうら、以後とくと心得よ」

と言い添えた。

四

長門組の八人と空也が城下の新陰柳生当流の平櫛道場に着いたのは、未明の八つ半（午前三時）時分と思われた。

道場の門は開いていていて、門弟にして当役派の家臣たちが二十数人ほど集まっていた。むろん五つの藩士全員の総登城の告知はまだなされていない。だが、なんとなく気配を感じて道場に集まった面々であろう。

道場主の平櫛兵衛助の姿はなかった。

だが、高弟の小田村壬生介、蓮池智吉ら空也が見知った顔が緊張の面持ちで見所や道場の床に座していた。

若侍たちが道場に入っていくと、師範の遠山義一郎が、

「おお、正巳か、うん、そなたもいっしょか」

と空也を見て見所から立ち上がってきた。

空也はこの場にある者がいつ登城してもよい形《なり》をしているのを見た。

「遠山様、われらも道場の片隅にて待機させてもらえませぬか」

と長門組総大将の峰村正巳が願った。

長門組は正巳を省いて日下次助らは藩の下士だ。藩道場ともいえる平櫛道場に門弟として勝手に出入りできるのは正巳一人《いちにん》だ。

いやに落ち着き払った富士夫を除き、残りの六人の顔には初めて平櫛道場に入った緊張があった。だが、富山寺での戦いのあと、長門組の顔に決然たる覚悟があるのを空也は見ていた。いつの間にか日下次助のたんぽ槍が真槍に変わっていた。

「そなたら、住吉神社から参ったか」

「いえ、富山寺から参りました」

「うむ、あの寺は当職派の用心棒侍の住処ではないか」

「はっ、いかにもさようでございました」

「正巳、いかにもさようでございました、とはどういうことか。東郷四方之助なる腕利きの剣術家が一統を率いて控えていよう」

遠山が糺すところに小田村ら高弟数人が集まってきた。どの顔にも正巳がなにを言うておるのか、と書いてあるようだった。

正巳が深夜の富山寺での長門組の討ち入りの模様を淡々と語り始めた。

「なにっ、まさかそなたらが、東郷らを叩きのめしたというのではあるまいな」

遠山が空也を見た。

「遠山師範、東郷なにがしは、昨夕寺を訪れた浜中屋七左衛門と駕籠に乗って城下に戻り、その代わりに代官の小郡正左衛門様が寺に残られました」

「小郡め、当道場の門弟でありながら、道場主の平櫛様を裏切り、国家老一派の当職派であったそうな。あやつとて、この平櫛道場の皆伝の取得者、そなたらの敵《かな》う相手ではないぞ」

と遠山が質すと、ちびの一ノ木富士夫が黙って二枚の手拭《てぬぐ》いに包んできた十数個の髷を出して見せた。同時に用心棒組が所持していた鉄砲二挺の布を剝《は》いで海造が一同に披露してみせた。

「なに、正巳、そなたら青侍が当職派の用心棒組を叩きのめしたというか」

小郡とは平櫛道場の同期弟子の小田村壬生介が問答に加わり、空也を見た。

「そうか、この者がいたな。とはいうても独りではいかな武者修行者とはいえ、小郡が加わった用心棒どもに太刀打ちできまい」

「小田村、この者の正体を知っておるか」

と遠山が質した。

「師範、宍野六之丞なる武者修行者ではないので」

「驚くな。江戸は神保小路、公儀の官営道場と目される直心影流尚武館坂崎道場の道場主坂崎磐音様の、嫡子空也どのよ」

「まさか」

と空也と木刀を交えた蓮池智吉が洩らし、

「われらは、先の西の丸徳川家基様の剣術指南の坂崎磐音様の嫡子と知らずして木刀を交えたか」

と十亀重右衛門が呻いた。

ふたりの高弟の言葉に頷き返した遠山が、

「それにしても長門組の青侍がわれらより先に初陣を飾ったか」

と嘆息した。そして、

「正巳、城下でも騒ぎがあったぞ。町奉行方と目付方が殿直々の命で動き、御用商人の浜中屋に踏み込み、七左衛門らを捕縛して店の書類や内蔵の金子を抑えたのよ。

むろんわれら平櫛道場の面々も捕物に助勢致したが、さほど腕を揮《ふる》う機会はなかったわ」

と悔しげに言った。

「おお、町奉行方と目付方が動かれましたか。なんとしてもお手柄にございましたな。で、その場に東郷四方之助はおりませんでしたか」

と正巳が問うた。

「姿が見当たらぬのだ。富山寺にもおらぬとなると、そやつ、国家老毛利佐久兵衛様の屋敷に潜んでいるのではないか」

「となると、総登城が関ヶ原の戦いになりますか」

うむ、と遠山師範が洩らして、

「正巳、そなた、人が変わったように思えるぞ。言うては悪いがそなた、この平櫛道場の数多の門弟のなかで、いちばん弱いダメ門弟ではなかったか」

と質した。

にこやかな笑みが正巳の返答だった。

「遠山様、峰村正巳様は長門組総大将として昨夜の戦いを勝ちに導いたお方です。戦場《いくさば》は人を一夜にして変えまする」

と空也が正巳の代わりに答えた。

「なんと、平櫛道場のダメ門弟が長門組なる下士どもの総大将じゃと」

「はい、小郡様の髷と用心棒らの髷十数個と鉄砲二挺が富山寺の戦の勝ちを裏付けておりましょう。もはやあやつら、当職派の戦力とはなりません。今ごろ大小も差さず髷の切られた頭に頰被りして国境へすごすごと向かっておりましょう」

と平然と応じた正巳が、

「師範、道場の隅を借りてようございますな」

「長門組の総大将どのの言葉に逆らえようか。のう、師範」

と小田村が応じたものだ。

髷の山と鉄砲二挺が当役派の遠山師範らに渡され、長門組は道場の片隅に一角を占めた。

「わしら、これからどうするのだ、総大将」

ちびの富士夫が質した。

「五つの、家臣団総登城を待つ」

「わしら、下士も城中に入れるのか」

「うーむ、それは私には答えられぬ。なにしろ当藩で家臣団総登城など何十年も経験したことはあるまい。成り行きに任せるとしか私は言えぬわ。大事なことは萩藩政を専断してきた当職派を藩から放逐《ほうちく》することだ。そのためにどのような下働きでも汚れ仕事でも長門組はなすぞ」

と正巳が明言し、その様子を眺めていた遠山師範が、

「ああ、あの青侍にかような初陣を飾られてはわれらの立場がないぞ」

と両手に抱えた髷を見た。

「師範、このこと、平櫛先生にお伝えせんでようございましょうか」

と小田村が言った。

「小田村、青侍どもが変わったのは、当然のことながら坂崎空也どのが客分で加わっておるからであろうな」

「間違いございません。それがし、あの者が殿に書状を差し出したと聞いたとき、なんと世間知らず恥知らずと考えておりました。じゃが、当代一と謳われる剣術家坂崎磐音にして嫡男空也あり、ですな。あの若武者が萩を訪れたのは、われら、毛利斉房様に忠勤を尽くす当役派の大いなる力づけになりましたぞ」

「おお、そのことよ。青侍の八人を変えるくらいなんでもないか」

と道場の隅で座禅を組む長門組と空也を見た。

長門組のところに遠山師範が姿を見せた。

富士夫たち七人は、道場の板壁に背をつけたり、道場の床に体を丸めて寝たりしていたが、総大将の正巳と空也のふたりは座禅を組んだままの姿勢だった。人の気配を感じた空也が両眼を見開いた。かたわらの正巳はどうやら眠り込んでいるらしい。

空也をちらりと見た遠山が、

「起きよ、総大将」

と呼びかけた。

「眠ってはおりません、師範」

と応じた正巳の声が半睡半覚《はんすいはんかく》であったことを示していた。

「正巳、即刻明倫館に参れ。その先は御番頭の山縣様の指示に従え」

と命じた。

「私だけですか。長門組は道場に残れと申されますか」

「だれがさようなことを言うた。長門組八名と坂崎空也、そなたも呼ばれておる」

と遠山師範が言い添えた。

寝ぼけ眼《まなこ》の長門組八人と空也は、明倫館へと走った。

刻限は六つ半（午前七時）時分か。

「なんとも眠いな、いくらか寝たか、空也さんよ」

ちびの富士夫が空也を仰ぎ見て走りながら問うた。

「富士夫どのは一刻ほど仮眠をとっておられましたか」

「おれが床に転がって仮眠したことを承知ということは、そうか、そなたは寝ておらんか」

「眠い気持ちに抗して気を確かに保《も》つのも武者修行です」

ふーん、と答えた富士夫が、

「なにが待ち受けておるのだ、わしらの前に」

「ちび、われらが下士ということを忘れたか。明倫館で待機じゃな」

と日下次助が言った。

明倫館の門前に大御番頭の山縣欣也が待ち受けていた。

「おお、参ったか。正巳、手柄を立てたそうじゃな」

「山縣様、手柄というほどの働きはしておりませぬ」

「ならば、これから殿のため、藩のために汗を掻け」

「いえ、命をかける所存にございます」

「ほう、一夜にしてそのほうの言動が変わりおったな。そなたら、長門組と坂崎空也どのは、大手橋《おおてばし》に向かえ。そなたも承知の小姓頭《こしょうがしら》、月崎小弥太《つきさきこやた》がそのほうらを待っておるわ、急ぎ参れ」

はっ、と承った長門組一行は、明倫館を出てふたたび走り出した。空也も黙って従った。

「おい、総大将、城中に入るのか。わしらは城の大広間なんて入ったことはないぞ」

と富士夫が長門組の想いを正巳に訴えた。

「ちび、私に聞くでない。われら、ただ今、眼に見えない大きな力に動かされているのだ。阻《はば》むことができようか」

と言った正巳が隣で小走りに駆ける空也を見た。

「正巳さん、それでよい。長門組は総大将峰村正巳どののもとで、一致団結動きまする」

「空也さんもだな」

正巳の問いに頷いた。

大手橋の袂で小姓頭月崎小弥太が待ち受けていた。無言で一行に頷いた小弥太

が、

「正巳、そなた、小姓組から転じて長門組なる一軍を率いておるそうな。なかなかの陣容であるな」

とにやりと笑った。

空也は、改めて指月城を堀越しに眺めた。

城は、指月山頂の山城《やまじろ》と南麓《なんろく》の平城《ひらじろ》のふたつを合わせたものだ。

藩主の毛利斉房は平城の本丸で藩政を執《と》っているそうな。この平城は、本丸の他に二の丸、三の丸の三曲輪《くるわ》で成り立ち、指月山を背にしていた。

本日の家臣団総登城が催されるのは本丸の大書院であろうと正巳から空也は聞いていた。

「日下次助、そのほう、宝蔵院流の真槍持参か」

と小弥太が聞いた。

「城中に持ち込むのはなりませぬか」

「ふだんならば持ち込めまい。ただ今は非常時ゆえ許す」

と小弥太が言った。

この言葉を聞いて長門組の八人が改めて緊張した。大手橋を渡り、無事に戻ってくることができるかどうか、だれもが考えたのであろう。

「参るぞ」

小弥太と正巳が並び、大手橋の向こうの番所の前を抜けた。見張りの番士の姿はなかった。石畳みと石段を曲がりくねって一行は進んだ。

「空也さんよ、そなた、御城に入ったことはあるか」

「萩城は初めてです」

「公方様のおられる江戸城は入ったことはあるまい」

「あります」

ちびが、ふーん、と鼻で笑った。

「信じませんか」

「未だそなたが官営道場の嫡子と聞いても信じられんのだぞ」

「疑いを抱くのはいいことです」

ちびの富士夫が黙り込んだ。

一行は三の丸から二の丸に入った。

本道の石段を避けて石畳みの路地に曲がった。どこをどう抜けたか、上士かあるいは中士の屋敷の裏口から敷地に入り、外蔵に連れていかれ、

「この蔵でしばし辛抱してもらおう」

と小弥太が一同に言った。

「朝餉は仕度させてある。正巳、あとは頼んだぞ」

小弥太は正巳に今後の長門組の行動をすでに告げた様子だ。さらに空也に、

「坂崎空也どの、われら、ふたたび生きて会うことを願うておる、ご免」

と決死の表情で言い残して小弥太が蔵から消えた。

確かに蔵の奥に握りめしと漬物、そして土鍋に入った味噌汁が用意されていた。

まだ土鍋は温かかった。

「腹が減っては戦ができんというでな、総大将、めしを食ってよいな」

ちびの富士夫が許しを乞い、

「よかろう」

と正巳が応じて、九人の若い衆が黙々と握りめしを食っていると、
ドンドンドンドーン
と城の一角から大太鼓の音が響いてきた。

八人の長門組の面々が食う手を止めて顔を見合わせた。

二の丸の屋敷に緊張が奔《はし》った。

いや、指月城内はもちろん、堀内、そして城下町にも不安と恐怖が奔った。

「当役派の反撃が開始されたな」

と海造がポツンと洩らした。

「当職派はどう抗うか」

平吉が握りめしを手にしたまま、だれとはなしに洩らした。

「どちらが勝つ」

「ちび、われらの組が勝ちを得んでどうする。萩藩が生き残る手立ては、毛利斉房様が来春息災で参勤上番《じょうばん》に出立《しゅったつ》されることぞ」

と正巳が言い切った。

空也は手にしていた握りめしを食い終え、

「二階を見てきます」

と梯子段《はしごだん》を上がった。

風抜きの四角い鉄扉が開けられているのが白壁の上部に見えた。高い天井の一角にある窓に造り付けの梯子段があって窓下《そうか》にふたりほど並んで外を望める台が設《しつら》えられていた。窓の下に異国製と思える望遠鏡が下がっていた。

（窓からどこを見るのか）

そう、空也が考えながら上ると、正巳が反対側の梯子段から上ってきた。

そのとき、城中にざわめきが起こった。総登城の太鼓に急ぎ大手橋を渡って本丸に向かう家臣団のざわめきだろう。

空也は石段があると思える方向を見たが、屋敷の土塀と植木に遮《さえぎ》られて登城する家臣の姿を見ることはできなかった。

潮の香りがした。

風が吹いていた。

「見よ、空也さん」

正巳が窓の正面に見える広々とした屋敷を目の動きで差した。

「毛利家分家にして国家老、さらには当職派の頭領毛利佐久兵衛様の屋敷じゃ」

と空也に告げると望遠鏡を手にとり、眺めた。

空也は二十間先の奥座敷を見た。人影があることは分かるが、肉眼では判然としなかった。

「見てみよ。佐久兵衛様がえらく怒っておられるわ。当職派には、この総登城、伝わっていなかったと見える」

空也は目に望遠鏡を当てた。いきなり小太りの人物が映った。富山寺の本堂前で駕籠を下りた人物だった。

(この御仁が萩藩を長年にわたり専断してきた人物か)

藩主毛利斉房と分家の当主の対決によって事が済むのか。どちらが総登城の家臣団を手中に収めることが出来るか。

老練な知略か、正義心が特権の若さか。

そそくさと佐久兵衛が奥座敷を出ていった。

「ちょっと遠めがねを貸してくれませんか」

正巳が空也に願った。望遠鏡が正巳の手に戻り、覗いた。しばし望遠鏡を動かしていた正巳の手が止まった。

「東郷四方之助はやはり城中の三の丸、国家老の屋敷に入り込んでおるぞ」

「正巳さん、それがしのような武者修行の者がどなたの屋敷か知らぬが、二の丸の屋敷の蔵の中に潜り込んでおるのです。両派ともに必死の攻防戦です、東郷四方之助をだれよりも国家老どのは頼りにしておられるのでしょう。城中三の丸の屋敷にどのような手を使ったか知れませんが、昨夜のうちに迎え入れたのでしょう」

ふいに正巳が望遠鏡を外し、

「空也さん、あの東郷四方之助と戦うことになったら、そなた、勝つな、勝つであろうな」

と念押しした。

「正巳さん、武芸者同士の戦いとなれば、どちらが勝ちを得るなど容易く答えられません。戦うことになった当人はただ無心に戦うのみです、それが真剣勝負です」

空也の返事に正巳はなにも答えなかった。

潮の香が漂ってきた。

家臣総登城のざわめきは消えていた。家臣団の大半は、もう本丸の大書院に入ったのであろうか。

「東郷四方之助の姿がいずこかに消えましたぞ、空也さん」

と正巳が言った。

「日中、三の丸の国家老藩邸からどこぞに出るなど出来ますまい」

と答えた空也は、長州萩藩の指月城に吹く風に訊いていた。

(勝ちを得るのは当職派か当役派か)

第五章　ふたりの修行者

一

二日後の未明、坂崎空也は、萩往還藍場川に架かる橋の袂に差し掛かろうとしていた。

草鞋《わらじ》履《ば》きの旅仕度だ。道中羽織と裁《た》っ着《つ》け袴は肥前長崎以来の衣装だ。船旅を始めとする武者修行の月日でぼろぼろに傷んでいた。

だが、空也はこの旅装束が一番落ち着く形《なり》だった。

腰には将軍家斉から拝領した備前長船《びぜんおさふね》派修理亮盛光の一剣があり、背にはわずかな持ち物と金子を入れた小さな道中嚢《どうちゅうのう》を負っていた。

橋の袂に立つ、ふたつの人影があった。

長門組の総大将峰村正巳とちびの一ノ木富士夫だ。

「六之丞、わしらに挨拶もなしに萩を去る心算か」

と富士夫が最初に出会った折りの名で呼んで糺した。その口調には怒りが含まれていた。

「それがし、挨拶もなしに抜けることをどなたかが許されぬことを承知しておりました」

ふん、と鼻で返事をした富士夫から正巳に視線を移した空也が問うた。

「終わりましたな」

「お蔭様で終わりました」

と一言にあらゆる想いを込めて正巳が応じた。

三人は萩往還を次なる宿場、およそ一里二十七丁（七キロ）先の明木《あきらぎ》に向かって黙々と歩き出した。

金谷《かなや》神社の鳥居前に差し掛かったとき、空也は足を止めて拝礼した。その様子を黙って見ていたふたりの友に一礼し、三人はふたたび歩き出した。

「昨夜、国家老毛利佐久兵衛様は、斉房様が建てられた江風山花江御殿《こうふうざんはなのえごてん》にて切腹なされました」

正巳は萩藩の国家老毛利佐久兵衛の専断政治を九代目藩主毛利斉房が鎮めたことを端的な言葉によって伝えた。

「空也どの、かような結末をそなた、すべて承知でしたな」

空也は黙って横を歩く正巳を見た。

「私、昨日の昼過ぎ書状を殿に届けてくれぬか、とそなたから申された折りに察するべきでした。殿は、坂崎空也どのの書状をお読みになり、四半刻ほど沈思されたあと、分家の佐久兵衛様に切腹を命じられました。若い斉房様は明晰《めいせき》なお方でありますが、過剰なほどの情愛をお持ちの御仁でもあります。空也どのは、殿の迷いを、分家でもある国家老を生き残らせることが是《ぜ》か非《ひ》かとの迷いを察しておられましたな」

「正巳さん、それがし、別離の文を正巳さんの手を借りてお届けしたまで。萩藩の内紛に関わることは一切」

「触れた覚えはありませぬか」

「はい」

と空也の返答は短かった。

「おい、ご両人、おれに分かる話をしてくれぬか。二日前、わしら、二の丸の屋敷の蔵に控えていたな。昼下がり、本丸から、わあっ、というどよめきが聞こえたとき、小姓頭の月崎小弥太様が、総大将と空也を迎えにきた。あのとき以来、本日までおれは空也に会っておらぬぞ。昨日のことよ、長門組七人、ようやく蔵屋敷から放逐された。藩政改革においてわしらはどのような働きをなしたのだ、なにもしておらぬではないか」

富士夫が怒りを込めた言葉遣いで言った。

怒りに満ちた問いにふたりはしばらく無言で萩往還を明木へと歩いていたが、

「私と坂崎空也さんは本丸の大書院に連れていかれた。その折りには、すでに当職派の大半は、殿に忠勤を尽くすと頭を下げておったのだ。これに当職派でも当役派でもない家臣団が殿の切なるお言葉を受け入れて、萩藩の改革に尽くすと殿の前で約定して、事は決していたのだ。ただし」

「ただし、どうした」

「そのとき、当職派の重臣連は、大書院の離れ屋に立て籠《こも》っておった。毛利佐久兵衛様を囲んで表組頭の難波久五郎ら当職派の家臣と東郷四方之助らが小姓ふたりを人質にとっていたのだ。殿は空也さんを呼んで、ふたりだけで談義をなされた。ゆえに、私は談義の内容は知らぬ」

と正巳が言った。
富士夫が空也を見た。
「殿はなんと申された」
「一ノ木富士夫どの、話さねばならぬか」
歩みを止めた富士夫がふたりの前に小さな体の胸を張って立ち塞《ふさ》がった。ため
に空也も正巳も歩みを止めざるを得なかった
「おお、わしら長門組七人、そなたに比べて力量は落ちる、このことは一ノ木富
士夫、よう承知じゃ。だが、わしら、命を張って藩政改革に加わると約定したで
はないか。殿がそなたになにを命じられたか一切知らんで、わしら、明日からど
の面下げてこの城下で暮らしていくのだ。総大将、そなたも知らぬと言うたな、
知らんでよいのか」
富士夫の舌鋒《ぜっぽう》は炎のように鋭く、厳しい視線でふたりを睨んだ。
ふうっ、と吐息をした正巳が空也を見た。
空也は覚悟をした。
「殿からの話は、ふたつ、ござった。ひとつは、当職派の毛利佐久兵衛様の処遇
じゃ、萩藩の三十六万九千四百十一石のうち、二万余石を分地して赤間関に城下

を置くとの提案が当職派から出されていたのだ」

「すべての騒ぎの原因は当職派にあろう。その一派が家臣総登城の場で敗北したにも拘《かか》わらず、ぬけぬけとさような小ずるいことを要求するか、さようなことが許されるか」

と富士夫が言い募《つの》った。

当然の言葉だった。

だが、当職派の面々は強《したた》かだった。

空也は承知していたが、

「富士夫どの、それがし、殿から伺った話をしておるのだ」

と応じるに留めた。

「そうだ、富士夫、黙って坂崎空也どのの述べることを最後まで聞け」

と正巳も言い添えた。

富士夫が黙り込んだ。

「殿は迷っておられたのだろう。あの場で当職派の重臣らに責めを負わせて、死を命ずることをな」

「そこが殿の優しさなのだ、空也どの」

正巳の言葉に頷いた空也が先を続けた。

「ふたつめの要望が当職派から伝えられたそうだ。当職派の重臣、表組頭難波久五郎どのとそれがしの尋常勝負で決着をつけるというのだ」

「決着をつけるとはどういうことだ」

「難波どのが勝ちを得れば、分地を認めよということだ」

「そんな乱暴な話があるか、敗北した当職派がなぜさような無法を要求する」

「小姓ふたりの命が掛かっておるのだ」

「なんということが」

と富士夫が言い、考え込んだ。

「空也どの、受けたのか。よしんば表組頭を斃したとしても東郷四方之助が控えておるぞ。うむ、そなた、ふたりを斃したか」

正巳の問いに首を横に振った空也が、

「その前にそれがし、毛利斉房様にお尋ね申した。当役派には、平櫛兵衛助様を始めとして、武芸達者がおられます、なぜ、一介の武者修行者にかようなことを願われますとな」

「おお、殿はなんと答えられた」

考え込んでいた正巳の代わりに今度は富士夫が糺した。

「殿は苦衷《くちゆう》のお顔で仰せられた、『坂崎空也、相すまぬ。この始末、藩内でやるべき処置と分かっておる。だが、家臣総登城でいったん決したものを二派の家臣で争うとなれば、禍根《かこん》はさらに何十年と残ろう』とな。つまり殿は、一介の武者修行者として、それがしに決着をつけてくれぬかと、願われたのだ」

「空也どの、さようなところが殿の優柔不断を表しておる。断ったであろうな」

「正巳さん、それがし、一介の武者修行者といいながら萩藩の本丸に呼ばれ、殿と対面してのことですぞ。断りができますか」

「できぬな」

とあっさりと答え、萩往還の真ん中に立ち塞がっていた富士夫が明木に向かって歩き出した。

空也と正巳が従った。

歩きながら不意に後ろを振り返った富士夫が、

「難波様と立ち合ったか」

空也が頷いた。

「どちらが勝ったとの問いは富士夫、いらぬな。空也どのはわれらといっしょに萩往還を歩いておる。で、東郷四方之助とはどうなった」

正巳が聞いた。

「東郷どのは、人質の小姓に、それがし、坂崎空也との尋常勝負は今宵夜半九つ(午前零時)、御船蔵にて果たしたしとの言葉を残し、本丸から姿を消しておりました。その夜、それがし、御船蔵で待ちましたが東郷四方之助どのは夜明けまで姿を見せられませんでした。それがし、もはや、萩藩でやるべきことはなかろうと、殿への書状を認《したた》めて明倫館に届け、そなたの手を経て斉房様に別れの辞をお伝え申した」

「辞去の挨拶ではなかろう。殿の迷いを断ち切り、どうか、然るべき処断をなさるべきとの忠言《ちゅうげん》の文であったのだろう、空也どの」

正巳が最前の言葉を繰り返した。

「それがし、一介の武者修行者と幾たびもそなたらに申しましたぞ。戦国以来の名門大藩の藩主にさような忠言ができるとお思いですか」

正巳が吐息をして呟いた。

「峰村正巳、二度にわたり儀礼の書状を届ける文遣いを果たしたのみか」

正巳の問いに空也は答えず、

「正巳さん、富士夫さん、萩藩の改革がなるかどうかは、これから数年の家臣団の奉公にかかっておりますぞ」

「空也さんよ、そうはいうが、下士の七人でなにをなせというか」

と富士夫が自分たちの立場を呪《のろ》うように吐き捨てた。

「おお、ちび、そなたの言葉で思い出した。昨日、殿にお会いした折りのことだ。『正巳、そなたが総大将の長門組に俸給三百石を与える。藩主直属の直目付《じきめつけ》として今後予の御用を務めよ』との言葉があった」

「なに、わしら、斉房様直属の直目付か、なにがしか俸給も出るか。なにもしなかった割には報奨がよいな」

と富士夫がにやりと笑った。


三人は白み始めた往還を無言でせっせと歩いた。

いつしか、赤間関街道と萩往還の分岐点でもある明木の宿場が見えてきた。

「正巳どの、富士夫どの、どうやら宿場に差し掛かりましたな。それがしの見送りはここまでにしてもらいましょう」

と空也が願った。すると富士夫が、

「わしら、急ぎ萩城下に戻っても殿の御用はすぐにはあるまい。萩往還の中ほどの宿場まで送らせよ」

と言った。

明木を過ぎて次なる宿は佐々並《ささなみ》という。二里ほどあった。

三人は明木に立ち止まることなく佐々並を目指した。起伏のあるうねうねとした坂道に差し掛かった。

「一升谷《いっしょうだに》やぞ」

とちびが言い、

「空也さん、この坂道じゃが一升谷と呼ばれておる。一升のいり豆を、ぽりぽりと音をさせて食べながらいくと、谷を渡らぬ前に食べ尽くしてしまう、と言われるほど長い谷なのだ」

正巳が空也に説明した。

「ご両者、次なる佐々並には朝餉を食わせるめし屋がございますか」

「おお、御茶屋もあればめし屋もある」

「ならば、佐々並で朝餉を食し、名残り惜しゅうありますが、お別れしましょうぞ」

と空也が言い切った。

「そうやな、いつまでも未練を残してはならぬな」

と富士夫が応じた。

「正巳さん、富士夫さん、殿の参勤上番の折りは、直目付の長門組も何人か江戸へと出てこられましょう。その折り、江戸で」

「会えるか、空也さん」

「会えますとも」

との空也の返答に、

「なにやら下士の長門組は夢が持てるような気がしてきたぞ、総大将」

「おお、ちび、夢か。いかにもさよう」

と正巳が首肯し、

「一升谷を抜ける前に金打《きんちょう》せぬか。わしら、江戸で必ずや再会するとな」

とちびが言いだした。

「ほう、富士夫さんは金打をご存じですか」

「坂崎空也は金打を好きな女子《おなご》となしたか」

「ちび、金打は武士同士の約定ぞ、女子となすものか」

と正巳が言い、

「武家の出ならば女子も懐剣を携えていよう。のう、空也どの」

と富士夫が抗った。

「それがし、金打を娘とも男子ともなした覚えはございません。富士夫さん、金打の経験がござるかな」

「空也さん、下士風情が金打などなす友もおらぬわ。そなたと別れるというので、ふと思い出したまでだ」

と一ノ木富士夫は竹鞘の脇差の鍔《つば》を差し出し、峰村正巳が倣った。

正巳は上士の家系ゆえ、それなりの刀だった。

空也は修理亮盛光の柄《つか》を差し出し、三人が鍔を合わせて、江戸での再会を約定した。

「そなた、形はひどいが刀は立派だな」

ちびが空也の刀に関心を寄せた。

「はい、上様より拝領の備前修理亮盛光にございます」

「上様とは将軍家斉様のことだな。空也め、この期に及んで冗談を抜かしおるぞ、総大将」

と富士夫が言った。

「ふっふふふ」

と笑った正巳は空也の言葉を素直に信じた。

空也が肥後丸から萩の浜に下ろされて、わずか十数日しか経っていない。だが、長門組の八人とは、兄弟のような親しい間柄だと空也は感じていた。これまでの武者修行のなかでかような付き合いがあったろうかと考えた。いや、初めてのことだと思った。

佐々並のめし屋に入ると、いささか遅い朝餉の膳を頼み、ちびが、

「友が別れる際は酒であろうが、一本注文せぬか」

と言い出し、正巳が女衆に願った。

供された一合の冷酒を盃《さかづき》に注ぎ分けた正巳が、

「なんでもそうじゃが、藩政改革も武者修行も最後の最後が肝心であろう。空也さん、必ずやご両親やお身内の前に元気な姿を見せてくれよ、われら、長州萩の朋輩《ほうばい》八人の願いです」

と総大将らしく盃を上げて別れの挨拶をし、三人は酒に口をつけた。

「おれ、かような場で酒を飲むなど初めてじゃぞ、大人になったような気分かの

う」

と富士夫が言い、正巳が静かに盃の酒を飲み干すと、懐から恭《うやうや》しくも書状を出した。

「最後の文遣いじゃ」

と差し出された書状がどなたからか空也は直ぐに分かった。

毛利斉房からのものだった。

「書状に認めてあるかどうかは知らぬゆえ、私が知ることを述べておこう。浜中屋の財産は藩が没収した。多額な金子だと聞く。また、国家老様の屋敷から何万両もの大金を町奉行方と目付方が見つけたそうな。かような大金は藩の御蔵にもないことはたしかだ。坂崎空也どの、長崎会所に支払う目処《めど》が立って殿は、ほっと安堵されておられたわ」

と正巳が言い、空也はただ頷いた。

空也が斉房からの書状を道中嚢に大事に仕舞ったところに朝餉の膳が運ばれてきた。

「めしを食ったら別れじゃな」

「ちびどの、江戸で再会すると約定したばかりですよ」

「そうだ、そなたの父上の道場でこの一ノ木富士夫が長州萩藩の武術を披露してくれん。空也が新陰柳生当流の平櫛道場を驚かせたのなら、おれが直心影流の道場の面々を魂消させてもよかろう」

と言い放つと大根の味噌汁を啜《すす》り込んだ。

二

友ふたりと佐々並で別れた空也は、大内《おおうち》氏が築いた町、山口に向かって独り歩き出した。背中にいつまでも友の眼差しが感じられた。だが、空也はふたりを振り返ることはしなかった。

坂崎空也の修行のなかでも長州萩藩の滞在は格別に短く、わずか十何日か。

空也にしては珍しく短い逗留だった。が、同年代の長門組の八人と知り合ったせいか、それなりに長い滞在に思えた。

不意に友の眼差しが消えた。

ふたりもまた萩城下へと戻っていくのだろう。

佐々並から山口まで四里八丁（およそ十六キロ）だ。

空也はゆったりとした歩みで萩往還を進んでいく。おそらくこの歩みならば山口がこの日の泊まりになろうと空也は感じていた。

佐々並を過ぎた辺りから空也は監視の眼を察していた。

武者修行の四年、常に感じてきた憎しみの籠った敵意の視線だ。

空也は、

(何者か)

とは考えなかった。

武者修行の歳月に、恨みつらみを買った者の兄弟や朋輩かもしれなかったし、あるいは萩藩の当職派の残党かとも考えられた。

姿を現したときに正体は知れることだ。

空也の前に萩往還随一の難所、標高千七百八十尺(五百三十九メートル)の板《いた》堂峠《どうとうげ》が立ち塞がった。

昼八つ半(午後三時)を過ぎて往来する旅人の姿は消えていた。

山道に野宿することになるか。

(それもまたよし)

と空也が考えたとき、行く手に旅姿の武士が独りいた。

塗笠を被った人物がだれか、ひと目では空也に分からなかった。

木刀を手に峠の頂へとゆっくりと歩み寄った。

峠は長門国から周防国への国境でもあった。

待つ人が塗笠の紐《ひも》を解いて、笠を峠の石の道標《みちしるべ》に置いた。

空也にとって思いがけない人だった。

長崎で長州萩藩の長崎聞役《ききやく》を務めていた人物だ。長崎で対面しただけの人物がこたびの当職派と当役派の対立に深く関わりがあったとは夢想だにしなかった。

「なんと隈村荘五郎《くまむらそうごろう》どのでしたか」

「そのほう、大坂中也《おおさかちゅうや》、宍野六之丞などとあちらこちらで偽名を使い、暗躍しおるのう。許せぬ」

荘五郎が言い放った。

「隈村どのは国家老毛利佐久兵衛様の配下にございましたか」

「長崎聞役を拝命したのは毛利佐久兵衛様からであった」

「さようでしたか。ですが、もはや萩藩の内紛は藩主毛利斉房様のもと、忠誠を尽くすことで治まったと聞いております」

「言うな、坂崎空也」

隈村荘五郎が本名を、憎しみを込めて呼んだ。

「隈村どのから恨みを買う覚えはございませぬ。もはや、当職派は萩藩から消え申した」

「長州萩藩が安芸広島藩以来の雄藩に蘇るには長崎商いは大事であった」

「申されますな。長崎商いと言われるが、盗人《ぬすっと》の所業、海賊商いにございますぞ。かような行いで萩藩が真の復興を遂げられるはずもございますまい。そなた方の行い、公儀も承知です。萩藩にとって大きな難儀であり、損失でございます。この際、若い殿様のもと、家臣団が一致団結し、地道に奉公に励むことがただ一つ、萩藩復活の道にございます」

若い空也の言葉に対して、せせら笑いで応じた隈村荘五郎が腰の一剣の鯉口《こいぐち》を切った。

「それがし、菊地成宗とは従兄弟同士でな、兄弟のように育ったのだ」

「篠山小太郎こと菊地成宗どのは、もはや海の下へ亡骸《なきがら》となって沈んでおられます。ただしそれがしが手をかけた覚えはありません」

「もはや問答無用」

「それがしを斬ると申されますか。となるとそなた様は萩藩に戻れませんぞ。国家老毛利佐久兵衛様は殿の命《めい》ですでに切腹なされました」

隈村荘五郎がそのことを承知かどうか、表情からは分からなかった。

空也は、背の道中嚢の紐をほどくと路傍《ろぼう》に荷を置いた。

荘五郎は刀を抜き、対決の仕度を終えた。

両者は板堂峠で三間の間合いで対峙した。

その勝負を見ている者がいた。

空也も荘五郎も承知していた。

隈村は周防国に、空也は未だ長門国に立っていた。

空也は木刀を構えた。

物心ついたときから見様見真似で、そして、道場に入ることを父に許されたのちは、直心影流の流儀に沿って厳しく伝授された正眼の構えで応じた。

隈村荘五郎は、新陰柳生当流と思しき構え、正眼に剣を置いた。

板堂峠に差す光が弱まっていた。

長い対峙のあと、隈村荘五郎の息遣いが荒くなった。

空也が木刀を引こうと一瞬迷ったとき、荘五郎が最後の力を振り絞って踏み込んできた。空也が予想もかけなかったほどの鋭い踏み込みから、首筋への一撃を見舞った。

その瞬間《とき》を空也は待っていた。

後の先。

それが父から教えられた直心影流の極意だった。

微動だにしなかった木刀が西日のなか、風になったとき、隈村荘五郎の肩を一撃していた。

うう っ
と唸った荘五郎が一瞬立ち竦み、歪《ゆが》んだ顔に笑みと思しき表情を空也に向けて、ゆっくりと板堂峠に崩れ落ちていった。

(生きられよ)

と無言の言葉を峠に残すと、道中嚢を摑み周防国に足を踏み入れた空也は、一《いち》ノ坂《さか》へと下っていった。

その夜、一ノ坂の途中にあった無人の茶屋の軒下《のきした》で空也は久しぶりに野宿した。


「戸数一万余の、すこぶる繁盛《はんじょう》なる山口の城下」

と評したのは天文《てんぶん》二十年(一五五一)に山口を訪れたイスパニア人宣教師フラ

ンシスコ・ザビエルであった。このザビエルの訪いより二百年も前、この地に大内氏が居館《きょかん》を築いた。吉敷郡大内村《よしきぐんおおうちそん》の出身の豪族大内弘世《ひろよ》は、日本海側への進出を企て、山口盆地に拠点を定めたのだ。やがて、南北朝の戦乱に乗じて、周防や長門を平定《へいてい》して守護大名となった。

さらには赤間関を始め、瀬戸内や筑前博多《はかた》の海上権をにぎり、朝鮮半島や中国大陸との交易で巨万の富を得た。

大内弘世は、東と西、北の三方を山に囲まれた盆地の町、山口を、

「西の京」

に大改造した。南北九丁の竪小路《たてこうじ》を中心に大路、小路を碁盤目状に巡らし、八坂《やさか》神社や北野《きたの》天神《てんじん》を勧請した。

周防、長門、安芸、石見、豊前《ぶぜん》、筑前を領有して大内氏は最盛期を迎えたが、下克上《げこくじょう》の世を迎えて凋落《ちょうらく》し、毛利一族の支配下に入ることになった。

翌朝、坂崎空也は、大内氏の拠点として栄えた都の、竪小路に佇んでいた。

空也は、山に囲まれた山口の歴史を知る由《よし》もなかった。だが、この都が醸《かも》し出す雰囲気に魅了されていた。

ぶらぶらと歩き出した。

朝餉でも食べさせてくれるところはないかと小路に曲がってみた。するとどこからか、木刀で打ち合う剣術の稽古の音が聞こえてきた。

屋敷町の一軒が道場と思えた。

空也は、通りがかりの男衆に、

「つかぬことをお伺いしますが、こちらの屋敷は剣道場ですか」

と尋ねた。

手も衣装も絵具で染まった男は空也を眺めあげ、頷くと、

「大内様以来の剣道場じゃがな、田舎《いなか》町ですと。山口の剣術好きが十人ほど集って、木刀で叩きおうとるだけや、いわば気分晴らしや」

と大声で言った。

「ならば、それがし、見物できましょうか」

「あんたさん、どこから来なさったな」

「長州萩城下から参りました」

「萩はどうやったな」

「立派な城下町でございました」

空也は当たり障《さわ》りのない返事をした。

「ふん、毛利の殿様の城下が気に入ったな」

「は、はあ、むろん良い土地柄でございました。なにか、差し障りがございますか」

「あんたさん、出はどこな」

「出と申されますと、住まいですね」

「そう、そう聞いとると」

「江戸です」

「な、なに、公方様のおられる江戸な、えらい遠方から来なさったな。そりゃ、この山口で毛利の殿様の城下を褒めたらあかんが」

「それはまた」

「知らんな、江戸の人間やったね、知らんで当たり前やろ。山口を治めた大内の殿様は毛利の殿様に取って代わられたと」

「いつのことです」

「そりゃ、何百年も前のことや」

　と平然として男衆が答え、

「兄さん、剣術修行の旅な」

空也が武者修行の旅に出て、行き会った町人に剣術修行の旅かと尋ねられるのは初めてのことだった。

「いかにもさようです」

「まさか道場破りじゃなかろうな。昔は大内の殿様の都やったけど、今じゃ田舎町や、道場破りはいかんぞ」

と男衆が言った。

「道場破りではありません。初めての町で道場があると、どちらでも訪れて見物させてもらいます」

「ほうほう、形は大きいな。萩でも訪ねなさったか」

「はい、新陰柳生当流の平櫛道場にお邪魔《じゃま》しました」

「ほうほう、平櫛兵衛助先生の道場にな、どないやった」

「褒めてはなりませんか」

「うむ、兄さん、正直やね」

「はい、正直です」

と応じた空也が、

「手の絵具はお仕事で付きましたか」

と尋ねてみた。

いつの間にか道場の打ち合う音が消えていた。

「おお、これな。これは大内塗の絵具ですと。わしはな、漆《うるし》の上にな、沈金《ちんきん》、蒔《まき》絵《え》や螺鈿《らでん》で仕上げをする箔絵師《はくえし》や」

「田舎町ではありませんね、雅《みやび》な感じがします」

「ふーん、剣術修行の兄さん、なかなか物が見えとるな。道場の玉杉《たますぎ》先生に口を利こうかね」

「道場主は玉杉様と申されますか」

「おお、玉杉五三九《ごさく》先生や、剣術の腕はどうやろかね」

箔絵師は首を捻《ひね》った。

「流儀はいかがです」

「流儀な、あったかねえ」

と応じた箔絵師が、はい、こっちですと、道場にいきなり空也を連れていった。

すると、道場にいた門弟衆が道場主と思しき人物といっしょに道場の入口からふたりを睨んでいた。

空也はひょろりとした柿の木が一本立つ狭い庭を見た。

枝に猫が一匹、根元には廃材のごとき材木が積んであって犬小屋から赤犬が空也を睨んでいた。

「こら、国麿《くにまろ》、玉杉先生の剣術の腕はダメと申したな」

「おや、師範さん、わしらの話を聞いとったな。わしはダメとはいうとらん、どうやろかねというただけや」

「そりゃ、いっしょやぞ」

と師範さんと呼ばれた小太りの門弟が言い、若い門弟衆ががくがくと頷いた。

道場は一応板張りで四十畳ほどの広さだ。

「話を聞いとったら、わしの口利きはいらんな」

「おお、いらんいらん。この若い衆、この時世に珍しか武者修行な」

「五三九先生、見物させてやんない。わしの用は済んだと」

「いや、済んでおらんぞ。この若い衆をどう見たか」

「五三九先生、わしは箔絵師やぞ、剣術修行の兄さんの腕が分かるか」

国麿と呼ばれた箔絵師が応じて道場主の玉杉五三九が師範を見た。

「師匠、うちの道場の天井に頭が着きそうなくらい大きいな」

「それだけか、師範の考えは」

「初めて会った相手じゃぞ。萩の平櫛道場でどげんな汗を掻いてきたかどうか、分からんと」

と小太りの師範が答えた。

「あんたさんの名はなんな」

「玉杉先生でございますか、坂崎空也と申します」

「流儀はなんな」

「直心影流です」

「江戸で直心影流な、ふんふん。そなた、なかなかの技量とみた。うちではどうもならんぞ」

と玉杉五三九が言うと、若い門弟衆のひとりが、

「五三九先生、わしらじゃ、どもならんか」

「ならんならん、手におえん」

「やってみな、分からんぞ」

と若い衆が言い出した。

「物を知らんということはなんとも怖いぞ。坂崎さんや、この三人の相手してくれんね。どれも侍じゃなか、蒲鉾屋の職人やら大工たい、手加減してくれんね」

玉杉五三九が空也に言った。

「なんと稽古まで許してもらえますか」

「いいな、師匠のわしが願うとよ、手加減してくれんね」

箔絵師の国麿まで道場に上がり、蒲鉾屋の職人ら三人が木刀を手に道場の真ん中で、なにごとか相談した。

「相手は三人やぞ」

と箔絵師が空也に聞いた。

「何事も経験です。国麿さん、竹刀をお借りできませんか」

「蒲鉾屋たちは木刀やぞ、兄さんもその木刀でどうな」

「いえ、竹刀のほうが宜しいかと思います」

空也の言葉に三人が、うむ、という顔で、

「最前の打ち合わせでいいな、一番手は蒲鉾屋、おまえが二番手」

と三人のうちのひとりが念押しした。

「蒲鉾屋、おんしらは三人いっしょやぞ」

と師匠の玉杉が言い添えた。

「なに、師匠、この背高ひとりにわしら三人、木刀で打ちかかるのか。相手に怪我があっても知らんぞ。医者代は五三九先生が出せ、いいな」

　と三対一で立ち合うことになった。

「どうか、勝手気ままに攻めてください」

　と空也が誘った。

「本気な、木刀三本に竹刀は一本やぞ、血が出ても知らんぞ。わしは、毎日蒲鉾造りでくさくさしとると、がつんと木刀で叩くぞ」

　どうぞ、と空也に言われて蒲鉾屋が思い切って踏み込み、空也の額を木刀で殴りつけてきた。空也の竹刀が、そよりと戦《そよ》いで木刀の力が吸い取られて、

「おっとっとと」

　と蒲鉾屋の体がよろめいた。

「よっしゃ」

　と仲間のふたりが打ちかかった。こちらも竹刀に軽く弾かれて腰砕けになった。

「三人いっしょにどうぞ」

　空也に言われて、蒲鉾屋の職人たち三人が気を取り直して背高のっぽに打ちかかってきた。

　次の瞬間、三人して風に吹かれたようによろめき、木刀を落として床に転がっ

ていた。

「ふあっ、ははっは、どうだ、蒲鉾屋、この御仁の強さが分かったか」

と道場主の玉杉五三九が大笑いし、

「坂崎空也さんと言われたか、どうな、うちの道場で二、三日遊んでいかんな。寝床は道場の隅、食い物はうちの台所で食いない」

と思いがけなくも許しが出た。

空也はいささか考えがあって、古の大内氏の本拠地山口の町の玉杉道場に住まい、しばらく門弟の真似事をすることにした。

三

翌日の朝稽古のあと、通いの弟子たちが姿を消した玉杉道場の庭先を道場から眺めて空也が、

「玉杉先生、庭の廃材は薪《まき》用でございますか」

「ああ、薪を造ろうというか」

「いえ、その前に独り稽古にタテギを拵えようと思います」

「タテギ、となな」

としばし考えた玉杉五三九の「好きにせえ」との許しを得た空也は、野太刀流で使うタテギを拵えた。

その途中、母屋から姿を見せた老妻が、

「おまえさん、客人の朝餉が仕度できておりますよ」

と五三九と空也を呼んだ。

昨晩も夕餉を馳走になっていた。

陋屋《ろうおく》の台所の囲炉裏端《いろりばた》に、どんぶりめしに具だくさんの味噌汁、川魚の甘露煮《かんろに》に香の物というあつあつの朝餉ができていた。

主の五三九は茶碗酒が朝めしだ。夕餉の折りも酒が夕餉がわりだった。

「頂戴します」

空也は老妻の心づくしの朝餉を食した。

空也がもりもりと食べる様子を五三九が茶碗酒を飲みながら見ていたが、ぽつり、と問いの言葉を発した。

「江戸というたな。また直心影流、坂崎姓を名乗ったな。そなた、家基様の剣術指南であった坂崎磐音どのと関わりがあるか」

「父にございます」

箸の手を休めた空也は問いに正直に答えていた。

「そうか、当代一の剣術家が父御か。たしか出は、豊後国関前ではなかったか」

はい、と答えた空也はふたたび箸を動かし始めた。

「周防の山のなかの田舎町に珍しき御仁が迷い込んだわ」

と洩らした五三九は残った茶碗酒を飲み干した。

朝餉のあと、庭に出た空也はタテギを造った。

五三九は黙って道場の床に座り、空也の仕事ぶりを見ていた。猫も犬もいっしょに見物していた。

「そなた、薩摩に入ったか」

「はい、一年七、八月滞在しました。されど最初の二月《ふたつき》は気を失ってさるお方の看病を受けておりました」

空也は手短に薩摩入国の経緯を告げた。

「苦労したようじゃな。その成果がそのタテギか」

頷いた空也がタテギを造り終えた頃合い、未だ名も知らぬ蒲鉾屋の職人が顔出しし、

「師匠、蒲鉾を持ってきたぞ。夕餉の酒のツマミじゃ」

と竹皮包みを差し出した。蒲鉾屋と呼ばれる門弟の気持ちは、他国者《よそもの》の空也に食させようとの厚意と思えた。

「客はな、酒は飲まん。その代わり、大めし食らいじゃ」

という言葉を聞いた蒲鉾屋が竹皮包みを師匠の前に置くと、

「なんな、この奇妙な道具は」

と空也に問うた。

「そなたは、うつうつとした気分を晴らすために剣術の稽古をしておると申されましたね、タテギを叩くとさっぱりしますぞ」

「なに、人間がわりにこの台を叩けというか」

「はい、それがし、やってみます」

空也は木刀を手にすると、「朝に三千、夕べに八千」の稽古の前に柿の木の下のタテギに向かって一礼し、まっすぐに右足を前に右蜻蛉に構えた。

猫と犬が気配を感じたか、空也を凝視した。

「おお、きれいな構えと違うか、師匠」

と蒲鉾屋が思わず洩らしたとき、空也の、右足、左足と交互に前に踏み出す続け打ちが始まった。

軽く四半刻ほど即席のタテギを叩き続けて止めた空也は、言葉を失《な》くした蒲鉾屋の職人を見て、木刀を差し出した。

「やってみますか」

「わしがか」

空也の木刀を手にした蒲鉾屋が、

「こんな重か木刀でタテギを叩きおるか」

というと道場から自分の木刀を持ちだしてきた。

空也がタテギを前にして蒲鉾屋の職人に続け打ちの作法を教えると、

「五分どおりの力で叩いてください。力いっぱい叩くと手首が折れることがあります」

と注意して蒲鉾屋の不器用な続け打ちが始まった。

「おお、これはきついぞ」

と言いながらも蒲鉾屋は薩摩剣法、野太刀流のタテギ打ちを始めた。が、五十回もせぬうちに息を切らして続け打ちを止めた。

ふたたび空也がタテギの前に立った。

最前とは異なり、いつもの日課の続け打ちだ。もはや師匠の五三九も門弟の蒲鉾屋も言葉を失って空也の独り稽古をただ眺めていた。

空也は、このふたりの他に続け打ちの稽古を注視する者の「眼」を感じたとき、動きを止めた。

道場の師匠の傍らに座した蒲鉾屋の職人が、

「この稽古を高すっぽは、毎日続けるとか」

「はい、よほどのことがないかぎり『朝に三千、夕べに八千』の続け打ちがそれがしの日課です」

「あ、呆れた。わしゃ、『朝に三十、夕べには八十』もできるやろか」

と洩らした。

空也は、その日、続け打ちをひたすら続けた。蒲鉾屋の職人の仲間たちが見物に訪れたが、空也は続け打ちを止めることはなかった。

そして、夕方、七、八人の門弟が見守るなか、最後の一打をタテギに見舞った。十本ほどの横木がきれいに打ち砕かれていた。

「魂消た」

と門弟のひとりがいい、

「あんたは、坂崎空也さんと言いなさったな」

と尋ねた。

玉杉道場で空也の出自を承知なのは道場主の玉杉五三九だけだ。

「いかにもさようです」

「ありゃ、剣術家やな、険しい目付きの武家方が『明日未明、阿弥陀寺《あみだじ》にて会いたし』とわしに伝えて、さっさと行きおったぞ。それで分かるかのう」

「うーむ、心当たりがあるようでもあり、ないようでもありですね。阿弥陀寺は、どちらにありますか」

「この界隈で阿弥陀寺といえば三田尻じゃな、四里半はこの山口からある」

蒲鉾屋が空也の問いに応じて、師匠を見た。

「そなた、知るまいな。文治《ぶんじ》三年（一一八七）というから、六百年以上も前に、奈良《なら》の大仏殿を造営する拠点として建立《こんりゅう》された華厳宗《けごんしゅう》の古刹《こさつ》が阿弥陀寺でな、蒲鉾屋がいうたように三田尻にある。そなた、心当たりが定かでない人物に会いに参るか」

「それが武者修行者の生き方にございます」

「これから発《た》っても夜中になるぞ」

と師匠の言葉を蒲鉾屋が補った。

しばし考えた空也が願った。

「玉杉先生、もし出来ますことならば、文を何通か認めたいのですが、筆記具をお貸し願えませぬか」

頷いた玉杉五三九が、

「蒲鉾屋、母屋から借りてこよ」

と命じて、空也は道場の片隅で両親と眉月に宛てて文を認めることにした。

文を書き終えた空也が顔を上げると、夕餉の膳が出ており、そこへ玉杉五三九の書付が載っていた。

「書状は道場に残しておけ。明日にも三田尻から江戸へ出しておこう。

坂崎空也、武運を祈る　玉杉五三九」

との文を合掌して押し頂いた空也は、遅い夕餉の膳を独り黙々と食し、道場主の厚意に縋《すが》っておこんと眉月に宛てた文を父への書状に同梱して、飛脚代として一両を膳の傍らに載せた。高木麻衣が呉《く》れた金子があってこそ支払える飛脚代だった。

手早く道場を片付けた空也は、萩往還に出た。すると、竪小路の南口の出口に提灯を手にしたひとつの影があった。なんと蒲鉾屋としか道場で呼ばれない門弟だった。

「坂崎空也さん、もう九つ（午前零時）に近いぞ。わしが萩往還を阿弥陀寺まで案内する」

「厚意に甘えてようございますか」

「師匠から聞いたわ。そなたのことをあれこれとな。わしがやれることはこれくらいじゃろ。わしは蒲鉾屋の跡継ぎの直吉《なおきち》じゃ」

と初めて名を名乗った。

「直吉さん、お願い申します」

と空也は申し出を素直に受けた。

道幅およそ二間の萩往還を空也と直吉は、ひたすら黙々と三田尻に向かって歩き通した。

大平山《おおひらやま》の中腹にある阿弥陀寺の山門前にふたりが立ったとき、八つ半（午前三時）の刻限と思えた。空也はひとりでは阿弥陀寺を探しきれなかったと思った。

直吉の提灯の灯りに山門の金剛力士立像《こんごうりきしりゅうぞう》が見えた。

十段ほどの石段を上がって山門に立った空也は、手にしていた木刀を置くと金剛力士立像に向かって拝礼した。そして、

「直吉さん、そなたのお蔭で約定の刻限に遅れずに済みました。お礼を申します」

「わしら、たった二晩の短い付き合いじゃった。けど、玉杉五三九先生の門弟同士に変わりあるめえ。坂崎空也さん、呼び出し相手を真《まこと》に知らんのか」

「どなたとは言い切れません。四年の武者修行の歳月に、恨みつらみを買った相手はおりますゆえ、その一人《いちにん》かと思います」

「真剣勝負をなすか」

「おそらく」

と答えた空也は、

「直吉さん、そなたになにかがあってもいけませぬ。この山門にて直吉さんとはお別れです」

「わしは立ち会えんのか」

「それがしが身罷ることもありえます」

「坂崎空也さんはなんという生き方をしてきたか」

「さらばです」

と言い残した空也は木刀を手に山門を潜り、石畳を本堂に向かって進んでいった。

本尊阿弥陀如来《にょらい》像が安置された本堂の前にひとりの剣術家が佇んでいた。

「やはりそなたでしたか、東郷四方之助どの」

空也の言葉になにも東郷は答えない。

「萩藩長崎聞役の隈村荘五郎どのと知り合いですね。隈村どのの口利きで国家老であった毛利佐久兵衛様の助勢をなすことになりましたか」

「それがし、おぬしを長崎以来承知じゃ。酒匂太郎兵衛様との勝負、相打ちと思うた。なんとそのほう出島に運ばれて異人の医師の治療で生き永らえたとはな。おぬしが出島におるころに、隈村から萩藩の手伝いをせぬかと持ちかけられた。まさか半年後に萩城下で、そのほうの姿をみるとは」

「東郷四方之助どの、そなたの薩摩剣法、琉球辺りで修行なされましたか」

「萩の富山寺で人の眼があると思うたは、そのほうであったか」

東郷四方之助は、空也が見ていたことを知らぬと告げていた。いや、これほどの遣い手が、何日も見張っていた空也を何者か知らぬはずはない、と思った。

「東郷どのは薩摩の人とは思えませぬ、琉球には古来空手《からて》と棒術が伝わっていると聞きましたが、棒を会得されましたか」

「もはや問答は無用。どちらの剣術がほんものか決着をつけるときよ」

東郷四方之助が言い切った。

「偽名のまま勝負に及ぶというのですか、三途の川を偽名のまま彼岸《ひがん》に渡られますか」

「身罷るのは坂崎空也、そのほう」

東郷四方之助が柞《ゆす》の木刀を手にした。薩摩で使われるものより長かった。六尺はあろう。

空也は背の道中嚢を下ろし、道中羽織を脱いだ。

そのとき、ふたりの勝負を見る眼差しを感じとった。

直吉が本堂を眺められる場に隠れて見ていると空也は思った。

「それがし、修理亮盛光にて相手させていただきます」

空也に万一のことが生じたら、残酷無比な東郷の攻めが直吉に及ぶことを案じた。となれば、生死をかけた戦いで決するしかないと空也は素早く覚悟した。

無言で東郷四方之助が柞の長棒を捨て、薩摩拵えの刀を下刃に回した。

それを見た空也は、これまで見てきた東郷四方之助の薩摩剣法が本気ではなく、空也に見せるための技であったか、と得心した。

備前長船派の修理亮盛光の鞘を握り、東郷同様に下刃にした。

薩摩拵えの鍔の小さな刀に対し、空也は武者修行の歳月に使い込んできた盛光で応じることにした。


直吉は阿弥陀寺本堂の前庭を眺める土塀《どべい》の一角から両者の勝負を見ていた。いったんは山口へと足を向けたが、短い付き合いの若武者の修行の真《まこと》が知りたくて、阿弥陀寺に戻ってきたのだ。


ふたりが奇妙にも刀を下刃にした瞬間、阿弥陀寺のある大平山をぴーんと張った緊張が支配した。

お互い右蜻蛉に構えた。

その瞬間、東郷四方之助が富山寺で空也らに見せていた薩摩剣法とは違う「凄み」を知らされた。

四方之助は、空也が察した以上の殺人剣法の会得者だった。

空也は、「朝に三千、夕べに八千」の稽古に生死を託した。
間合いは七間。
睨み合いが続いた。
四方之助の殺人剣法か、空也の活人剣か。一撃で決まる。
阿弥陀寺の甍《いらか》に朝日が差してきた。
仕掛けたのは東郷四方之助だった。
すっすす
と間合いを詰めてきた。
空也の知る運歩《うんぽ》とは違っていた。
（それもよし）
頬に風を感じた空也は命を賭した。
四方之助の運歩がいつの間にか早まっていた。
空也は永劫《えいごう》の刻を想いながら、静かに待った。
四方之助の右蜻蛉の刃が微動もせぬ空也の脳天に落ちてくる。
直吉は、
（動け、動いてくれ）

と念じた。

空也は風に訊いていた。

（どうすべきか）

四方之助の刃が朝の光を浴びて煌《きら》めいた。

その瞬間、空也の五体が沈みこみ、次の刹那、風が舞う虚空に高々と跳び上がっていた。

四方之助の刃が方向を転じて、空也の両足を切断しようとしたと同時に、盛光が頂きから風に乗って地表に落ちてきた。

虚空で四方之助の刃と盛光の刃が交錯し、盛光の鍔《つば》が四方之助の刃を受けた。

空也は修理亮盛光に一身を託して振るった。

心身一如《しんしんいちにょ》、地軸まで打ち込む気迫で四方之助の脳天を襲った。

直吉のところからは対決者のふたりの身がひとつに重なったことしか分からなかった。

（たのむ、たのむ）

と心のなかで叫んでいた。

風に変じた修理亮盛光が天地を両断するように東郷四方之助の脳天を叩いて押しつぶした。

次の瞬間、空也は阿弥陀寺の本堂前に転がっていた。

直吉は東郷四方之助が剣を構えて立ち、坂崎空也が地面に転がった姿を捉えた。

「嗚呼ー」

思わず声を上げて叫んでいた。

刻が止まった。

永劫刻むべき刻が止まった。

空也がこの世に在ることを感じたのは、四方之助の虚空に構えられていた薩摩拵えの剣が朝の光に煌めき、ゆっくりと手から落ちていき、遣い手も前のめりに崩れていった、そのときだ。

直吉は見た。

地面に転がっていた若武者は、ゆっくりとした動作で立ち上がり、東郷四方之助を見ると刃を鞘に納め、合掌した。

（七番勝負、決したり）

と胸中で空也は呟いた。

直吉は阿弥陀寺の本堂に老僧が佇んでいるのに気がついた。

長い合掌を解いた空也が老僧に向かって、

「寺領《じりょう》を血にて穢してしまいました、お詫びします」

と許しを乞うた。

「そなたは」

「江戸は神保小路、直心影流尚武館道場の坂崎空也と申します。ただ今諸国を行《あん》脚《ぎゃ》して武者修行をなしている者にございます」

「なに、武者修行とな。相手を承知か」

「東郷四方之助どのと名乗られた以外、定かな身の上は存じませぬ。剣術家同士の勝負、東郷どのからこの地を指定されました」

「相分かりました」

と応じた老僧が、

「そなた、先を急ぎますかな」

「いえ、もし出来ることならば、阿弥陀寺にて東郷四方之助どのの弔いを催していただきとうございます。弔いの費えはなにがしか携えております」

「承知した」

老僧が本堂を振り返ると数人の若い僧侶たちが姿を見せた。

「あちらのお方の湯灌《ゆかん》をなされ」

と命じた。

直吉が隠れていた土塀の陰から出ていった。すると空也が振り返り、

「直吉どの、山口にお帰りにならなかったのですね」

と声をかけた。

直吉が首を横に振ると、

「立会人かな、坂崎様といっしょに本堂に参りなされ」

と老僧が空也と直吉のふたりを招いた。

四

空也と東郷四方之助の立ち合いから十四日後、江戸の神保小路、尚武館坂崎道場に分厚い書状が届いた。朝稽古が終わった刻限だ。磐音はすでに母屋に戻って

いた。


飛脚便を受領し、磐音に届けたのは中川英次郎だ。

差出人は周防国山口玉杉五三九とあった。むろん未知の人であった。

長州萩藩は、長州と周防の二国を領有していた。とするとこの人物、空也となんらかの関わりがある御仁と磐音は判断した。

「英次郎どの、本日、速水左近様は道場にお見えでなかったな」

「登城の日かと存じます」

「毎度まいど騒がせてもなるまいが、速水様と渋谷家の眉月様、道場に残った門弟衆を招いてくれませぬか」

「承知しました」

と英次郎が道場に戻って行った。

八つ半時分、速水左近、渋谷眉月、重富利次郎に霧子夫婦、川原田辰之助、三助年寄りの小田平助、尚武館の密偵弥助ら身内が母屋に次々にやってきて、坂崎家のおこん、中川英次郎と睦月夫婦らが迎えた。

このところ、他国から書状が届くたびに身内が集まるのが習わしになっていた。

いつものように磐音は、仏間に籠ったままだ。

「おまえ様、養父上が城下りの行列のままに見えておいでです」

「参る」

と返事をした磐音が書状を手に身内が集う座敷に入った。

一同の視線が書状に向けられた。身内が集まる前に磐音は封を披くことはないと分かっていたが、どうしても書状に眼がいった。

速水左近の隣に座した磐音が、一同に会釈すると、

「ご一統様、恐縮至極としか言えぬ身が辛《つろ》うござる。されどわが身内様とともに便りの内容を知りとうてお呼びいたしました。本日は、周防国山口なる地の玉杉五三九様からの書状にございます。分厚い書状にいくつか文が同梱されているやに思えます」

と挨拶がわりに坂崎家の主が言った。

「周防の山口は、大内氏の本拠地、古《いにしえ》の都にございますな。ただ今は萩藩の毛利家の支配地かと存ずる」

と左近が直ぐに受けた。

「養父上、空也となんぞ関わりがございましょうか」

とおこんが糺した。

「空也が萩を離れたということであろうとしか、それがしには推測がつかぬ」

「ならば、速水様、書状を開封させていただきます」

磐音が披くと、玉杉五三九からの巻紙の書状の他に三通の文が出てきた。

「おや、空也としたことが三通も文を書きましたか」

おこんが驚きの声で言った。

「そのようじゃな、うむ、おこんと眉月様それぞれに文、その他にそれがしと速水左近様連名宛ての書状が出て参った。分厚いわけじゃ」

磐音はおこんと眉月に渡したのち、連名の書状を左近に差し出した。

眉月は文の表に認められた宛名の「磐音」の文字の書体がごつごつとした武骨なものから柔らかな感じに変わっているのに気付いた。

「おこん様、細字のせいでしょうか、空也様の文字が柔らかではございませんか」

「いかにもさようです、驚きました」

と眉月の問いにおこんが答えたとき、磐音が、

「まず玉杉五三九様の書状をご一統様といっしょにお聞きくだされ」

と差出人の書状を披いた。

「江戸神保小路直心影流尚武館道場坂崎磐音様に宛て一筆参らせ候
某《それがし》、周防国山口にて細《ささ》やかな剣道場を開く老剣術家に候。十数人の門弟は大半が町人に御座候《ござそうろう》。さような当道場に坂崎空也殿が立ち寄られ、わずか一晩の逗留なりしが、門弟に深き感銘を植え付けられて三田尻に向かわれ候。

庭に設けたタテギなる薩摩剣法の稽古台を相手に空也殿が披露された続け打ち、すでに還暦を遠い昔に過ぎた老剣術家を驚かせ候こと、この数年の武者修行の険しさ、厳しさを推量するに十分なことに候。

この音を聞きつけた剣術家と思しき人物がわが門弟に言付《ことづ》けを託し候。曰く、明日未明、阿弥陀寺にて会いたし、と。

某がこの者承知か、尋ねし処、空也殿、いえ、存じませぬとの返事ながら、この四年余の歳月で出会った剣術家らの恨みつらみを買いしことあり、おそらくさような人物の一人かと存じ候と答えられ、最後に道場にて身内様に三通の書状を認められ、勝負の場と思しき阿弥陀寺に出向かれ候」

との磐音の声に睦月が、

「なんとしたことでしょう。見知らぬ剣術家の誘いを受けたの、兄上は」

と嘆きの言葉を吐いた。

「待て、睦月、玉杉様の書状には先がある」

と磐音が言い、ふたたび読み始めた。

「某、門弟の一人を道案内に付けし候。山口、三田尻の間は四里半、夜の道は旅慣れし空也殿にも難しきと愚考致し候。直吉なる町人門弟は、空也殿の真剣勝負ならば立ち会いならずと断られしが密かに見届け候」

「な、なんと」

不意に尋常勝負の結果が告げられることに利次郎の口から驚きの声が洩れた。

「密かな立会人は直吉のみならず、阿弥陀寺の僧侶檀浦五宋《だんのうらごそう》師も本堂より薩摩剣法と思しき剣技にて立ち合いし一件を見物され候とか。

勝負の行方、坂崎空也殿が東郷四方之助としか分からぬ剣術家を朝まだきの風と見まごう柔らかな跳躍にて見事斃し候也」

一座におお、という歓声が洩れた。が、直ぐに静まった。

「空也殿の願いに応えて東郷様の弔いが阿弥陀寺檀浦師の手にて慎ましやかに行われしこと付記し候。この時世に剣を極めんとする空也殿の一念、老剣術家はただ感服致し候」

と磐音が読み終えた。

座に沈黙が続いた。

「父上、兄は正体不詳の相手とも勝負を為すのですか」

非難を込めた言葉を吐いたのは実妹の睦月だった。

だれも答えない、答えられない。

「磐音どの、もしや睦月の問いへの答えは、それがしとそなた連名の書状のなかにあるのではござらぬか。これまで空也の書状にそれがしに宛てたものは一切ござらぬ」

と左近が手にした書状を磐音に差し出した。

「まずは速水様がお読みくだされ」

と義父の剣友に譲った。

頷いた左近が黙読を始めて途中まで読んだとき、

「速水左近、坂崎磐音の連名の書状、空也にしては珍しく萩藩の政《まつりごと》に関わる内容かと存ずる。ゆえにご一統様には申し上げられぬ。されど玉杉五三九老が認められた東郷四方之助なる人物は、萩藩毛利家の内紛に関わる輩《やから》かと察せられる」

と言い切った。そして、政に触れた部分に認められていたか、

「睦月や、そなたの兄空也と対決勝負を為した御仁は国家老派の刺客であろうか

と思われる。ゆえなく立ち合ったということではあるまい」

と空也の立場を明らかにして、書状に戻っていった。

空也の真剣勝負の一端を聞いた面々がその場に磐音と左近を残し、母屋の別室や尚武館道場に身を移した。

道場に移動した面々のひとり、利次郎が、

「最前の老剣術家と自称なさる玉杉五三九師の文を聞かされて、それがし、空也どのの剣技が、剣術が変わったのではなかろうかと思った」

と洩らした。

すぐに応じた者はいなかった。が、弥助が、

「利次郎さんや、眉月様が空也さんの字そのものが柔らかになったと感想を洩らされたな。剣術家坂崎空也さんは、ひとつの壁を乗り越えられたのかもしれぬ」

「師匠、私もそう思いました」

と霧子が亭主と師匠の弥助の考えに賛意を示した。

「生死の境で生きていく者はたい、一夜にして人柄が変わると聞いたことがあると。空也さんはその境を超えて、さらなる高みに上られたとちがうな」

小田平助もまた修羅場の歳月のなかで、飄々《ひょうひょう》とした剣技と気性を会得した人物

だ。その者の口から言われると一座の者は得心した。そして、最後には、

「空也さんと近々われら再会できますね」

と辰之助が言い、

「ああ、霧子のもとに空也さんから文が届くのもそう遠いことではなかろう」

と弥助が応じた。

霧子に文が届くとはどういうことか、この場のだれもが漠然と承知していた。ゆえに敢えて口にする者はいなかった。

離れ屋ではおこん、眉月のふたりがそれぞれの文を代わる代わる読み合っていた。

文から顔を上げた眉月が、

「空也様はやはり変わられました」

と道場の面々と同じ感想を洩らした。

「どういうことかしら、兄が変わったというのは」

と睦月が眉月に問うた。

「どう申せばよろしいのでしょう。失礼を承知で申すならば、これまでの文には空也様のことしか認められていませんでした。それが私や身内の方々まで気遣い

なさっておられます」

「そのことが空也の柔らかな文字に如実に表れていますよ、睦月」

と言い添えた実母のおこんが兄の文を妹に渡した。

無言で文面に視線を落とした睦月が凝然《ぎょうぜん》として釘付《くぎづ》けになった。

「なにがあったの、兄者《あにじゃ》は」

「母も分かりません。生死のはざまで生きざるをえない若武者がなにかを悟ったということではありませんか」

おこんが言い、眉月が直ぐに頷いた。そして、兄の生き方を厳しく見詰めてきた妹も首肯した。

「眉月さん、姥捨の郷に兄を迎えに参られますか」

「そうしとうございます」

と言い切った眉月が、

「睦月様も参られませんか」

と誘《いざな》った。

睦月はしばらく間をおいて首を横に振った。

「坂崎家のなかで私だけが姥捨の郷とは縁がございません。あの郷はおそらくだれもが訪ねてよいというところではございますまい。父も母も霧子さんに導かれて内八葉外八葉の難所を越えたと聞いております。母はかの地で兄を生んで姥捨の郷と絆で結ばれたのです」

「ならばこの渋谷眉月も同じ立場です、なんの縁もございません」

「いえ、眉月様は兄を通じて姥捨の郷と眼に見えぬ絆がすでにございます。こたび、紀伊《きい》の姥捨の郷に訪ねてよいのは、霧子さん、眉月様、そして」

「利次郎様は関前藩の家臣ですよ、睦月」

とおこんが言った。

「はい。ゆえに利次郎様ではなく力之助さんが同道することになりませんか」

「睦月、力之助はまだ二歳ですよ」

「必ず霧子さんは力之助さんを母の故郷、姥捨の郷に伴います」

と睦月が言い切った。

母屋の奥座敷では速水左近が幾たびめか空也の書状を読み返していた。

磐音は、空也が直に将軍徳川家斉の御側御用取次《おそばごようとりつぎ》速水左近に乞うてきた内容を吟味していた。

空也の武者修行に際して、父の磐音が願ったのは剣術ひと筋の修行にはなるでない、時流の動きを観察して剣の道を志せといったことだ。が、こたびは、空也が一大名家の萩藩毛利家が見舞われた内紛騒ぎの経緯と結果を速水左近に伝えてきたのだ。

速水を通じて公儀に毛利家の内情を伝えることが萩藩にとってよきことかどうか、磐音は迷っていた。

「磐音どの、この書状、それがしに預からせて頂けぬか」

と左近が磐音に願った。

「むろんのことです」

「空也は若い藩主毛利斉房様の懊悩《おうのう》をわれらに伝えてきた。が、公儀に訴えたにせよ、萩藩にとってよき反応が得られるとは限るまい。長門と周防の大名家、藩政信頼に足りずと、御家断絶を主張なさる老中もおられよう。毛利家は関ヶ原の西軍の盟主なりと未だ考える幕閣《ばっかく》がおられる。となれば、空也の真意は千代田城中の策謀のなかで潰されよう」

左近の言葉は磐音が恐れていたことだ。とはいえ、このままにしていれば、長崎会所の交易船を萩藩の国家老一派が無法にも襲い、交易の品々を奪って上方で売り払った騒ぎが早晩表沙汰《そうばんおもてざた》になり、萩藩は潰されかねない。むろん空也の書状のなかには、国家老派の御用商人と国家老自身が蓄えた莫大な金子を藩の主権を握った藩主派が押さえ、この金子を藩主毛利斉房は、長崎会所が要求する交易船の損害の償いに当てる考えとあった。

「速水様、どうなされますな」

「それがしの一存で上様に空也の書状をお読みいただこうかと考えた。むろん、御側御用取次風情が越権行為と承知しておる。されど空也の腰には上様お下げ渡しの修理亮盛光がある。上様が空也に武者修行に際して全権を委託されたとも考えられる。それがし、空也の書状を上様がどうご判断なされるか、おのれの一命をかけてみようと思う」

と速水左近が言い切った。

「それがし、速水様とは戦友でございます。速水様の切腹の折りは、それがしもごいっしょさせてもらいます」

戦友とはふたりして反田沼派として戦い、勝ちを得た仲間であったことをいう。

瞑目して沈思していた速水左近が、

「相分かった。われらの運命《さだめ》は明日にも決まろう」

と両眼を見開き、磐音の申し出を受けた。

武者修行者佐伯彦次郎と従者の伴作老と愛鷹の千代丸は、筑前福岡藩の志賀島《しかのしま》にいた。この島からは博多の内海や舞鶴城《まいづるじょう》とも呼ばれる福岡城が見えた。

佐伯彦次郎は、出雲から漁り舟《いさりぶね》に乗って温泉津《ゆのつ》を目指したが、山陰路の景色が気に入らず、赤間関まできて漁り舟を出雲に帰した。

「若、そろそろ金子が尽きるぞ」

「爺、この界隈で豊かな大名家はどこか」

「そりゃ、筑前福岡藩黒田《くろだ》様の所領地じゃな。石高は四十七万石と広島と変わらん、だがな、博多商人の力が藩を支えておると聞いたわ。博多商人は、長崎に頼らず船を異国に出しておるはずだぞ」

抜け荷と称する交易で莫大な利を上げていると伴作は言っていた。

「赤間関から福岡城下近くまで船は雇えるか」

「その程度の金子は残っていよう」

赤間関で主従が問答をした二日後、主従は博多の内海が見える志賀島に上陸していた。

玄界灘《げんかいなだ》の荒海を背にして千代丸を放鷹した。

千代丸が外海と内海の上空を気持ちよさげに飛んでいた。

「若、明日にも城下に参らねば、千代丸の餌代にも困ろうぞ」

「内所の豊かな剣道場があれば、五十両や百両は稼げようぞ」

「国許広島に戻る土産代《みやげだい》を黒田の殿様の城下で拵えるか」

「そんなところかのう」

なんとものんびりとした武者修行者主従の、いつもの問答だった。

一方、江戸城では徳川家斉が空也の認めた書状を読んで顔を速水左近に向けた。

「坂崎空也は、政に関心があるか」

「いえ、萩藩の若き藩主にいささか同情をなして、それがしと父に宛て、かような書状を送ってきたものと思えます」

「速水、空也はいつ江戸に戻ってくるな」

「それについて言及はございませんが、来春辺りにはと思えます」

速水左近は確たる証《あかし》もなく推量を述べた。

「左近、そのほう、予にどうせよと申すか」

と家斉が最前の婉曲の問いをはっきりとした言葉に代えた。

速水はこの問いを待っていた。

「空也の腰の一剣は上様御下賜《ごかし》の備前長船派修理亮盛光にございます。空也の行いは上様のご心中を汲《く》んでのものにございます。書状にありますように、毛利斉房様が参勤上番で江戸城に参った折り、上様から『藩務、精出しておるそうじゃな』とひと声かけていただくと、若い藩主も面目を施《ほどこ》しましょう」

山陰路の外様大名を認めよと速水左近は言った。さすれば関ヶ原以来の西軍大名が幕府の味方につくと言っていた。

「左近、将軍とは大名の体面を保つことが務めか」

「上様のひと声は万金に値します。萩藩は今後、幕府のために精出して御用を務めましょうでな」

と老練の御側御用取次が応じた。

「予と斉房、対面の折り、空也を同席させよ。しかと申し告げるぞ、左近」

家斉が昨今の長門萩藩の行動には、しばしの歳月目を瞑ると明言した。そして、坂崎空也に毛利斉房の行動を注視させせよと言っていた。

「速水左近、有難き幸せにございます」

と左近は家斉に深々と平伏した。

その日、坂崎空也の姿を青い瀬戸内の海に面した三田尻に見ることになる。

「周防の国府」を意味する防府《ほうふ》は、江戸期、三田尻と呼ばれていた。

風に乗って飛ぶ海鳥を見ながら、空也は、

（どこへ行こうか）

と迷っていた。

この作品は文春文庫のために書き下ろされたものです。

編集協力　澤島優子
地図制作　木村弥世

文春文庫

定価はカバーに
表示してあります

風《かぜ》に訊《き》け
空《くう》也《や》十《じゆう》番《ばん》勝《しよう》負《ぶ》（七）

2022年5月10日　第1刷

著　者　佐《さ》伯《えき》泰《やす》英《ひで》
発行者　花田朋子
発行所　株式会社 文藝春秋

東京都千代田区紀尾井町 3-23　〒102-8008
TEL 03・3265・1211㈹
文藝春秋ホームページ　http://www.bunshun.co.jp

落丁、乱丁本は、お手数ですが小社製作部宛お送り下さい。送料小社負担でお取替致します。

印刷製本・凸版印刷
Printed in Japan
ISBN978-4-16-791870-5

空也十番勝負

坂崎磐音の嫡子・空也。
十六歳で厳しい武者修行の旅に出た
若者の前に待ち受けるものは――

①声《こえ》なき蟬（上・下）

②恨《うら》み残《のこ》さじ

③剣《けん》と十字架《じゅうじか》

④異郷《いきょう》のぞみし

⑤未《いま》だ行《ぎょう》ならず（上・下）

⑥異変《いへん》ありや

⑦風《かぜ》に訊《き》け

八番勝負

二〇二二年九月発売！

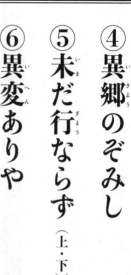

居眠り磐音

友を討ったことをきっかけに江戸で浪人暮らしの坂崎磐音。隠しきれない育ちのよさとお人好しな性格で下町に馴染む一方、〝居眠り剣法〟で次々と襲いかかる試練と敵に立ち向かう！

居眠り磐音〈決定版〉

⑲ 梅雨ノ蝶　ばいうのちょう
⑳ 野分ノ灘　のわきのなだ
㉑ 鯖雲ノ城　さばぐものしろ
㉒ 荒海ノ津　あらうみのつ
㉓ 万両ノ雪　まんりょうのゆき
㉔ 朧夜ノ桜　ろうやのさくら
㉕ 白桐ノ夢　しろぎりのゆめ
㉖ 紅花ノ邨　べにばなのむら
㉗ 石榴ノ蠅　ざくろのはえ
㉘ 照葉ノ露　てりはのつゆ
㉙ 冬桜ノ雀　ふゆざくらのすずめ
㉚ 侘助ノ白　わびすけのしろ
㉛ 更衣ノ鷹　きさらぎのたか　上
㉜ 更衣ノ鷹　きさらぎのたか　下
㉝ 孤愁ノ春　こしゅうのはる
㉞ 尾張ノ夏　おわりのなつ
㉟ 姥捨ノ郷　うばすてのさと
㊱ 紀伊ノ変　きいのへん
㊲ 一矢ノ秋　いっしのとき
㊳ 東雲ノ空　しののめのそら
㊴ 秋思ノ人　しゅうしのひと
㊵ 春霞ノ乱　はるがすみのらん
㊶ 散華ノ刻　さんげのとき
㊷ 木槿ノ賦　むくげのふ
㊸ 徒然ノ冬　つれづれのふゆ
㊹ 湯島ノ罠　ゆしまのわな
㊺ 空蟬ノ念　うつせみのねん
㊻ 弓張ノ月　ゆみはりのつき
㊼ 失意ノ方　しついのかた
㊽ 白鶴ノ紅　はっかくのくれない
㊾ 意次ノ妄　おきつぐのもう
㊿ 竹屋ノ渡　たけやのわたし
51 旅立ノ朝　たびだちのあした

新・居眠り磐音

① 奈緒と磐音　なおといわね
② 武士の賦　もののふのふ
③ 初午祝言　はつうましゅうげん
④ おこん春暦　おこんはるごよみ
⑤ 幼なじみ　おさななじみ